HEIRATE MICH NICHT, DRACHE

DRAGON LOVERS

KARA LOCKHARTE

Übersetzt von

FRANZISKA POPP

SMARTIA
PUBLISHING

Lektor: Christian Popp

Cover design: Jacqueline Sweet

HEIRATE MICH NICHT, DRACHE

Ich bin mit einem fremden Mann verlobt – einem Drachen. Heirate ich ihn nicht, bin ich so gut wie tot.

Mein ganzes Leben habe ich mich versteckt.

Im Gegensatz zum Rest meiner ehemals mächtigen Familie beherrsche ich keine Magie.

Das unsterbliche Monster, das sie alle verspeiste, jagt nun auch mich.

Meine Großmutter denkt, dass es nur eine Möglichkeit gibt, mich vor dem Monster zu schützen: Indem ich ein anderes Monster heirate!

Einen Drachen.

Doch dieses Monster ist in seiner menschlichen Gestalt die personifizierte Perfektion: Goldene Muskeln und umwerfender, als es jemals jemand sein sollte, der sich in ein schuppiges Biest verwandeln kann. Seine Magie ruft nach mir, seine Hitze fesselt mich und seine heißen Berührungen lassen meinen Verstand dahinschmelzen.

Ich sollte ihn nicht heiraten. Auf keinen Fall sollte ich ihn heiraten!

Immerhin weiß ich genau, was er von mir will: Zugang zu der Macht meiner Familie.

Weiß er, dass ich keine Magie in mir trage?

Er denkt, er weiß, auf was er sich mit mir einlässt.

Aber ich spiele keine Spielchen.

Schon immer war ich der Meinung, dass es besser ist, von einem Monster davonzurennen, als es zu heiraten.

Niemals werde ich zum Schatz eines Drachen … selbst, wenn ich damit meinem Herzen etwas vormache.

KAPITEL 1

„Habe ich das gerade richtig gehört? Eine arrangierte Ehe? Ich bin mit einem Drachen verlobt?"

Ich starrte auf mein Handy, das nur einen Balken anzeigte. Ich hatte also nicht die beste Verbindung. Vielleicht hatte ich sie falsch verstanden. Auf keinen Fall würde meine Großmutter, die zu jeder Zeit ihre Alexander McQueen-Clutch umhertrug und mit Bitcoins Glücksspiel betrieb, etwas derartig Mittelalterliches sagen.

„Oma?"

Ich warf einen weiteren Blick auf den Handyscreen und sah, dass der Anruf unterbrochen wurde.

War ja klar. Auf meinen dämlichen High Heels, die ich speziell für heute gekauft hatte, stolperte ich durch das Museum, meinen Arbeitsplatz. Das Gebäude aus den Anfängen des zwanzigsten Jahrhunderts war wunderschön, mit filigranen Schnitzereien an den Fensterrahmen und italienischen Böden. Allerdings mangelte es an Bereichen mit einem guten Handynetz. Ich tanzte im Büro, das ich mit mehreren Doktoranden teilte, um einen Haufen aus staubigen Büchern herum und navigierte mich durch das Labyrinth aus Ausstellungsräumen.

Großmutter liebte es, Spielchen zu spielen. In der Vergangenheit hatte sie mit dem Schicksal von Imperien gespielt. Mittlerweile nutzte sie dieses Talent für den Börsenmarkt und virtuelle Währung.

Im Freien ging ich die riesige Steintreppe hinunter. Fette, graue Tauben starrten mich an und sprangen davon. Ich wählte ihre Nummer und sie nahm sofort ab. „Hast du eine Wette verloren? Dir ist schon klar, dass es nicht legal ist, deine eigene Enkelin als Wetteinsatz anzubieten, richtig?"

Wenige Meter neben mir führten chinesische Touristen eine hitzige Diskussion über den besten Ort für eine Pizza an der Lower East Side.

Meine Großmutter seufzte. „Nein, Sophie. Ich habe mich damals darauf eingelassen, damit wir die Erlaubnis bekommen, ins Land einzureisen. Es war eine andere Zeit. Ich war verzweifelt."

Ich gab mein Bestes, um mich in den USA an die Menschen anzupassen. Jeanshosen,

Chicken-Nuggets und einen Doktor in Museumspädagogik und Kunstvermittlung. All das war einfach gewesen – im Vergleich zu der Erinnerung, was ich wirklich war und der Grund, warum so viele meiner Familienmitglieder hatten sterben müssen.

Ich lief auf der Stufe von einem Ende der Treppe zum anderen – vertraute Frustration baute sich in mir auf. „Zu der Zeit war ich noch nicht mal ein Jahr alt. Auf keinen Fall würde das vor einem Richter durchgehen."

Großmutter entließ ihr typisches Schnauben, das sehr an einen bellenden Hund erinnerte. Dieses Geräusch deutete an, dass sie genug von meinem Gejammer hatte. „Sicher ist es nach menschlichem Recht nicht legal. Für unsere Leute gelten allerdings andere Regeln. Ich habe versucht, dir deine Freiheit zu geben und dich deine eigenen Entscheidungen treffen zu lassen. Das Problem ist, dass meine Schutzmaßnahmen nicht ewig halten. Ich muss wissen, dass du in Sicherheit bist. Wenn du in diese Familie einheiratest, ist das der Fall. Sie werden dich beschützen." Ihre Stimme nahm eine gewisse Schärfe an. „Sophie, du bist die letzte in unserer Linie. Obwohl sich deine Kräfte noch nicht manifestiert haben, hast du das Potential in deinem Blut. Es gibt keine andere Möglichkeit, um dich in Sicherheit zu wissen."

Ich besaß einen schwarzen Gürtel in Krav Maga und hatte von einem pensionierten Army

Ranger ein umfangreiches Waffentraining erhalten. Er hatte mir immer wieder gesagt, dass ich großes Talent hatte, doch nichts davon spielte eine Rolle. Ich musste unter Schutz gestellt werden. Im Gegensatz zu meiner Großmutter, meiner Mutter und meinem Vater hatte ich keine Magie.

Abrupt hielt ich an und zwickte mit Daumen und Zeigefinger in meinen Nasenrücken. So sehr wir uns auch bemühten, Menschen zu sein, wir waren es nicht.

Ich packte das Handy fester. „Warum hast du mir davon bis heute nichts erzählt?"

„Ich hatte die Hoffnung, dass meine Pläne fruchten und die Männer, die ich in die Schlacht geschickt habe, das Monster besiegen können. Niemals hätte ich erwartet, dass wir diesen Schritt gehen müssen." In ihrer Stimme schwang Traurigkeit mit. „Das Problem ist: Bei jedem Kampf lernt dieses Monster dazu. Jeden Tag wird es mächtiger."

Mein Handyalarm vibrierte, was mich so sehr erschreckte, dass ich das Gerät fallen ließ. Ich versuchte, es noch aufzufangen, doch es war zu spät. Als ich es aufhob, hatte der Bildschirm einen Riss. *Einfach toll.*

Ich machte den Lautsprecher an und sprach lauter, als geplant. So laut, dass ich die Tauben in meiner Nähe erschreckte und sie davonflogen. „Oma, ich muss mich auf meine Präsentation vorbereiten."

„Ich muss dir noch mehr erzählen. Aber …

später. Viel Glück bei deiner Präsentation, Sophie." Sie legte auf, weil sie genau wusste, dass ich nicht in der Stimmung für einen freundlichen Abschied war.

Mehr? Was wollte sie mir noch erzählen? Als Nächstes würde sie mir beichten, dass ich eigentlich adoptiert wurde und ein Mensch war. Eine Information, die mich wenig schockiert hätte.

Das Bild von uns erschien als Hintergrund auf meinem Handy.

Wir sahen so unterschiedlich aus. Großmutter mit ihrer porzellanfarbenen Haut und den glatten Haaren. Ich hingegen hatte dunkle Haut und wellige Haare. Das Einzige, was wir teilten, war unsere Augenform, die Menschen als asiatisch bezeichneten. Während der Schulzeit hatte ich immer angekreuzt, was zu der Zeit am vorteilhaftesten war: afrikanisch, asiatisch, kaukasisch, spanisch. Ich hatte schon alle Nationalitäten durch. Dass die Menschen an ethnischer Zugehörigkeit hingen, brachte meine Großmutter stets dazu, verächtlich zu schnauben.

„Unsere Familie erhebt sich über die Erdenbewohner", hatte sie gesagt. „Eine Shen identifiziert sich nicht nach den stammesspezifischen Gruppierungen dieser Welt, genauso wenig wie sich ein Löwe an Ameisen orientieren würde." So sehr wir auch versuchten, uns anzupassen, wir waren nicht menschlich. Als erste intelligente Lebensform auf diesem Planeten hatten wir eine tiefverwurzelte magische Verbindung zu dieser Welt. Die Menschen hatten viele Namen für uns: Feen, Yōkai, Dschinns, Apsaras, Götter, Dämonen, Monster und so weiter, ohne zu bemerken, dass es sich bei allen um ein Wesen handelte. Es war merkwürdig, dass die Menschen das nicht erkannten. Schließlich wiesen auch sie die verschiedensten Formen, Größen, Farben und Fähigkeiten auf. Dschingis Khan, Gandhi und Gertrude Stein waren alles Menschen und unterschieden sich dennoch so gewaltig voneinander wie das Wasser vom Feuer.

Ebenso verhielt es sich mit uns: Wir besaßen lediglich verschiedene Stärken, unsere Magie funktionierte auf andere Weise und dennoch: Wir waren alle Shen, von den Gorgonen zu den Donnervögeln über die Nagas.

Leider hatte der Kontakt zu den Menschen dazu geführt, dass unsere legendäre Magie mit jeder Generation an Stärke verlor.

Und die übrig gebliebenen Shen mit Magie hatten nicht die Kraft, den Devourer zu bekämpfen, als er auf der Suche nach neuen Opfern in diese Welt eingebrochen war.

Auch meine Eltern waren machtlos gewesen.

Um mich zu beschützen, hatten sie ihr Leben gelassen – für eine beschädigte Shen.

Mein Handy erinnerte mich erneut an die Veranstaltung, die ich seit sechs Monaten gleichermaßen herbeisehnte und fürchtete. Es war an der Zeit, meine Doktorarbeit ein zweites Mal vorzustellen. Dieses Mal hier im Museum. Das Thema blieb das gleiche: Religiöse Motive in Nahost-Kunstwerken.

DIE PRÄSENTATION ERNEUT ZU HALTEN, wirkte sich negativ auf meinen Magen aus. Ich konnte es mir nicht erklären, aber ich war noch nervöser als an dem Tag der eigentlichen Verteidigung an der Universität. Jetzt musste ich das Thema simplifizieren und Disziplinen ansprechen, die nicht unbedingt zu meinem Fachgebiet gehörten. Ich musste dem Thema einen bestimmten Unterhaltungswert zukommen lassen, um auch das Interesse des Otto-Normal-Verbrauchers zu wecken. Ich konnte mir sehr wohl eingestehen, dass eine Diskussion über die angemessene Anwendung von Kakisaft bei Restaurationen von Schnörkelverzierungen langweilig werden konnte.

Ich wischte über das Tablet in meiner Hand und wechselte damit zur nächsten Folie. Ein Bild einer Holzschnitzarbeit der Tlingits – ein nordamerikanisches Indianervolk – kam für alle Anwesenden zum Vorschein. Es zeigte eine Frau mit geschlossenen Augen, umgeben von Mündern, aus denen Blut tropfte. Daneben war ein japanisches Rollbild aus der Heian-Periode zu sehen.

„Wie Sie hier sehen können, wird in den

Kulturen auf der ganzen Welt der Devourer abgebildet – vom antiken Rom über die Heian-Periode in Japan und zu den Totems der Ureinwohner von Kanada, den Tlingits."

Ich klickte durch die Folien, redete und klickte weiter, während ich mir alle Mühe gab, den durchdringenden Blick des Mannes zu ignorieren, der auf der anderen Seite des Raumes an der Wand stand. Fünf Minuten nach Präsentationsbeginn war er eingetreten und ich konnte mir nicht erklären, warum ich mir seiner Anwesenheit so bewusst war.

Es war nur mäßig intelligent von mir, den Devourer zu erwähnen. Ich hatte einen starken Hang zum Widerstand gefühlt. Großmutter sagte immer, dass diese Eigenart eine Schwäche der jungen Generation war.

Überraschenderweise war sie es gewesen, die mir die Erlaubnis gegeben hatte, über das Monster zu sprechen.

„Kleiner Fuchs, ich weiß, dass die Situation nicht einfach ist. Aus diesem Grund wünsche ich mir nichts mehr, als dass du aufblühst und die Angst bekämpfst."

War es möglich, dass der Mann für den Devourer arbeitete?

In den alten Zeiten wurde davon abgeraten, die Namen von Göttern oder Monstern zu missbrauchen. In gewisser Weise tat ich das gerade.

Ich lief über die Bühne und die Absätze

meiner High Heels gaben meinen Worten Nachdruck.

„Natürlich ist dieses Wesen nicht das einzige religiöse Motiv, das sich über mehrere Kulturen zieht. Auch Drachen gehören in diese Kategorie …"

Wie immer hatte ich mich ohne Grund fertiggemacht. Die Präsentation war vorüber, bevor sie angefangen hatte. Als die Zuhörer den Raum verließen, kam meine Chefin – die Direktorin des renommierten Metropolitan Museums in NYC – auf mich zu. Sogar in meinen Absatzschuhen musste ich den Kopf in den Nacken legen, um der hochgewachsenen Frau mit der dunklen Hautfarbe in die Augen sehen zu können. Ihr britischer Akzent war so elegant wie die Bundfalten ihrer Hosen. „Das war großartig, Sophie. Die Fragen hast du meisterlich gehandhabt."

Der große, breitschultrige Mann verblieb im Raum, lehnte sich mit einer Schulter gegen die Wand und scrollte durch sein Handy, als die Zuhörer auf dem Weg zum Ausgang an ihm vorbeiliefen. Was wollte er noch hier? Etwas an ihm war außergewöhnlich. Ich konnte es nicht erklären. An seiner Kleidung lag es nicht. In seinem Anzug und der lockeren Krawatte sah er aus wie jeder andere Geschäftsmann in seiner Mittagspause.

„Ähm, danke." Sein Anzug schien maßgeschneidert. Dennoch konnte ich das Gefühl nicht abschütteln, dass sein Auftreten eine

Verkleidung war. Nein, er war kein einfacher Angestellter. Seine Körpersprache und sein offensichtliches Selbstvertrauen erzählten eine andere Geschichte. Vielleicht ein Geschäftsführer?

Sie folgte meinem Blick und lächelte. „Sehr ansehnlich."

Er hob den Kopf, erwischte uns und grinste. Für einen Herzschlag verschwand die Geräuschkulisse im Raum und ich konnte nur noch das Rauschen meines Blutes in den Ohren hören.

Ich blinzelte.

Alles normalisierte sich wieder. Abgesehen von der Tatsache, dass er mir jetzt näher war. Kam er auf mich zu?

Mein Boss zwinkerte. „Oh, jung müsste man noch einmal sein. Wahrscheinlich hat er eine Frage."

„Oh, also, ich –" Ich blinzelte. „Was?"

„Beantworte seine Fragen. Es gehört zu den Bedingungen, dass du Fragen aus dem Publikum beantwortest." Sie zwinkerte mir zu. „Ich sehe dich später."

Je näher er kam, desto schneller schlug mein Herz.

„Hi." Meine Stimme kam etwas höher heraus, als geplant. Ich hob den Blick und sah ihm in seine Augen. „Hast du Fragen zu der Präsentation?"

Er sah mich aus goldbraunen Augen an. Er hatte modelwürdige Wangenknochen und die

Art Kinn, die aus Helmen römischer Soldatenstatuen herausstach.

Es überkam mich das Gefühl, dass er mich mit seinem Blick entblößte. Und natürlich stoppte er nicht auf meiner nackten Haut, nein, er arbeitete sich bis in mein Innerstes vor. Unerklärlicherweise spannten sich meine Muskeln in Vorbereitung auf eine Flucht an – oder einen Kampf. Vielleicht auch beides.

Seine geschmeidige Bassstimme rollte wie eine zärtliche Berührung über meine Haut: „Ich habe sogar sehr viele Fragen. Leider habe ich für keine davon die nötige Zeit mitgebracht."

„Na ja, okay, es wird eine weitere Präsentation geben. In, ähm –" Ich sah auf meine Uhr, obwohl ich genau wusste, wann die Präsentation stattfand. „In einer Stunde?" Verdammt, warum war dieser Fakt als Frage aus meinem Mund gesprudelt?

Der rechte Mundwinkel seiner vollen Lippen zuckte amüsiert. „Wirst du dann wieder auf der Bühne stehen?"

„Nein."

„Eine Schande." Er sah über seine Schulter und nickte mir dann zu. „Ich habe es sehr genossen, dir zuzuhören."

KAPITEL 2

VIELLEICHT LAG ES AN MEINER ANGEBLICHEN Verlobung. Vielleicht war ich aber auch nur erleichtert, dass ich die Präsentation hinter mir hatte. Woran es auch lag, danach fühlte ich mich hibbelig, als würde Elektrizität unter meiner Haut lungern.

Ich konnte einfach nicht abschütteln, wie mich dieser Mann angesehen hatte. Es hatte sich angefühlt, als würde er … mich sehen.

Shen hatten die Kontrolle über ihre menschliche Erscheinung. Großmutter hatte mein Aussehen so designt, damit ich vollkommen gewöhnlich aussah. Gewellte, dunkelbraune Haare. Braune Haut – die perfekte Mischung aus der Hautfarbe meiner Eltern in ihrer menschlichen Form. Nicht zu vergessen: braune Augen, versteckt hinter einer Brille. Als meine Großmutter bemerkte, dass ich keine Shen-Fähigkeiten besaß, stellte sie sicher, dass sie meine Gesichtszüge so modellierte, dass ich nur Aufmerksamkeit bekäme, falls mir der Sinn danach stand.

Und dieser Mann hatte mich angesehen, als hätte er alles durchschaut.

Ich schüttelte den Kopf, um mich von dem Gedanken an ihn zu befreien. In New York lebten mehr als neun Millionen Menschen. Die Wahrscheinlichkeit, ihn wiederzusehen, ging gegen Null.

Zudem hatte ich wirklich andere Probleme: Zum Beispiel, dass Großmutters magischer Schutzschild schwächelte.

Die Stelle an meiner Schulter, wo Großmutter vor so langer Zeit ihre Hand aufgelegt hatte, um das Schutzsiegel zu zeichnen, kribbelte. Noch wirkte es.

Im Moment musste ich um meine Freiheit nicht fürchten.

Ich lehnte mich in meinem quietschenden Stuhl zurück und seufzte erleichtert. Endlich war ich die High Heels los. Ich saß allein in meinem Büro. Am späten Nachmittag schien die Sonne in gebündelten Lichtstreifen durchs Fenster – beinahe solide, wären da nicht die tanzenden Staubkörner. Die Sonne würde noch lange nicht untergehen und auf dem Weg würde ich vielen Joggern begegnen.

Es war immer gut, in einer Menschenherde zu laufen.

Ich schnappte mir die Tasche unterm Schreibtisch, zog mich im Badezimmer um und rannte wenige Minuten später unter Bäumen entlang. Ich rannte und rannte und rannte.

Ich rannte so schnell, wie ich konnte und versuchte, den Gedanken zu entkommen, die mir auf den Fersen waren. Ich konzentrierte mich auf die Beats, die aus meinen Ohrstöpseln traten. Trotz aller Ablenkungsmanöver schafften es die Worte meiner Großmutter zurück in mein Bewusstsein.

Verlobt.

Arrangierte.

Ehe.

Mein Herz pochte, Blut pumpte und meine Atemzüge beschleunigten sich, aber mein Verstand krallte sich an diesen Worten fest, wie eine Frau an der Stange in einer überfüllten Subway.

Ich nahm die nächste Kurve und rannte eine verlassene Strecke entlang.

Ich erinnerte mich an einen Rat meiner Großmutter: Augen zu und im Geiste laut schreien. Eine gute Art, Stress abzubauen, Emotionen zu entlassen und alle Gedankenleser in der Nähe zeitweilig aus dem Gleichgewicht zu bringen.

Für einen winzigen Moment schloss ich die Augen und schrie im Geiste, wie es mir meine Großmutter gelehrt hatte.

Ich rannte direkt in eine Wand. Schmerz explodierte und breitete sich in meinem Körper aus. Ich landete auf meinem Hintern. Kieselsteine bohrten sich in mein Fleisch.

„Bist du okay?“, sagte eine vertraute Männerstimme.

Ich hob den Blick zu schwarzen Shorts und einem beeindruckenden Sixpack, das mich zu einer Wand aus Brustmuskeln führte. Seine Sonnenbrille saß tief auf seiner Nase und mit einem undefinierbaren Ausdruck sah er mich aus diesen goldbraunen Augen an.

Sofort spürte ich, wie mein Gesicht noch heißer wurde. Ich wusste genau, wen ich vor mir hatte – den Mann vom Museum. Mein Atem stockte und mein Verstand war wie leergefegt.

Er bot mir seine Hand an und wiederholte seine Frage: „Bist du okay?“

Vor Verlegenheit presste ich die Augen zu. Lasst uns einfach vorgeben, dass ich gerade nicht einen totalen Volltrottel aus mir gemacht hatte. „Es tut mir leid. Ich habe dich nicht gesehen.“

Er hockte sich hin und ließ den Blick über meinen Körper schweifen. Sein Duft – nach Salz und Mann und etwas außerordentlich Verlockendem – traf mich überraschend. „Es sieht nicht so aus, als wärst du verletzt.“

Er streckte die Hand aus, hob etwas auf, das neben mir lag und reichte es mir. „Leider kann ich das von deinem Handy nicht behaupten.“

Ich starrte auf mein zerstörtes Handy. Ich versuchte, es anzuschalten. Es leuchtete kurz auf, bevor die Lichter für immer ausgingen.

„Sei vorsichtig", sagte er. „Du könntest dich verletzen."

Ich entließ ein tiefes Stöhnen. „Ich habe gerade erst eine Subway-App heruntergeladen."

„Lass mich raten: Ohne die App auf deinem Handy hängst du fest."

Ein Jogger rannte an uns vorbei. In dem Moment erkannte ich, dass ich immer noch auf dem Boden saß. Ich unternahm den Versuch, aufzustehen, und er reichte mir erneut seine Hand. Ohne nachzudenken, akzeptierte ich die Geste. Er schloss seine große, warme Hand um meine und zog mich mit Leichtigkeit auf meine Füße.

„Die Sache mit deinem Handy tut mir leid", sagte er. „Es ist meine Schuld, dass es kaputt ist. Erlaube mir, dir einen Scheck zu schreiben. Ich wohne nicht weit von hier. Wenn du willst, kannst du mit zu mir kommen und von dort einen Anruf tätigen."

„Danke, aber es wird schon gehen", sagte ich automatisch. Ich mochte es nicht, Hilfe von Fremden anzunehmen. Vor allem nicht von attraktiven Fremden.

Er sah mich aus seinen goldenen Tiefen an, die eine unmögliche Verführung bereithielten, von der ich wusste, dass ich mich ihr nicht hingeben sollte. Fuck, warum hatte ich ihm nicht gestern begegnen können?

„Erlaube mir, es wiedergutzumachen." Er war scharf, wunderschön und er sah mich an, als wäre ich das auch.

Das unsichtbare Siegel auf meiner Schulter kribbelte – eine Erinnerung an meine Großmutter, die Verlobung und die Pläne für meine Zukunft, die ohne mich vonstatten gegangen waren. Kein Was-hältst-du-von-der-Idee, Sophie? Nur weil ich keine Magie in mir trug, bedeutete das noch lange nicht, dass mir einfach ein Ehemann aufgedrückt werden konnte.

Arrangierte Ehe? Das wollten wir erst mal sehen.

„Ich denke, das Angebot werde ich annehmen." Ich wischte meine rechte Hand an meinen Shorts ab und streckte sie aus. „Ich heiße Sophie."

Er betrachtete meine Hand für einen Moment, dann umfasste er sie. „Hunter", sagte er auf eine erwartungsvolle Weise.

„Kann es sein, dass ich dich aus dem Fernseher kenne?"

Er lachte und drückte meine Hand. Ein komisches Gefühl überkam mich. Es fühlte sich an, als wäre ich eingefangen worden.

KEINESFALLS KONNTE man mich als langsam bezeichnen. In der Highschool war ich im Leichtathletik-Team gewesen. Ich war schon immer gut auf der Bahn und lief allen davon.

Immerhin war Laufen eine Fertigkeit, die

mir irgendwann einmal das Leben retten könnte.

Ich wusste also, dass ich schnell war. Trotz allem konnte ich mich dieses starken Gefühls nicht erwehren, dass Hunter, obwohl er diese ganze Muskelmasse bei einer Verfolgung erst in Bewegung setzen musste, mich einfangen konnte. Seine Schritte waren lang und er bewegte sich mit geschmeidiger Leichtigkeit.

Zusammen rannten wir zum Museum. Er wartete draußen, während ich ins Büro hastete und meine Tasche holte. Auf dem Weg zu seinem Apartment gingen wir in einem normalen Schritttempo und wie versprochen, wohnte er ganz in der Nähe. Natürlich musste er in dem Gebäude wohnen, dass ich jeden Tag auf meinem Weg zur Arbeit bewunderte. Mit geschnitzten Adlern, ihre Flügel weit gespreizt, im typischen Art-déco-Stil der Zwanziger Jahre. Die Stelle war ein beliebter Schauplatz für die Filmindustrie und immer wieder fanden Touristen ihren Weg zu diesem Gebäude.

Er zeigte auf den Bogentoreingang, den nicht viele Gebäude in Manhattan aufwiesen.

Ich zwang mich dazu, den Mund wieder zu schließen. Keine Frage, ich war beeindruckt. „Wirklich praktisch, dass du gleich in der Nähe wohnst."

„Das kannst du laut sagen", erwiderte er und nickte dem Sikh-Portier mit dem Turban auf dem Kopf zu. Dieser öffnete die Doppeltür und grüßte Hunter mit: „Mr. Hunter."

„Mr. Hunter?“ Ich folgte Hunter zu den Fahrstühlen. Eine Kabine öffnete sich. Hunter machte eine Handbewegung und ließ mich wissen, dass ich den Fahrstuhl zuerst betreten sollte. Das tat ich. Seine überwältigende Präsenz führte instinktiv dazu, dass ich mich mit dem Rücken gegen eine Wand presste, um Platz für ihn zu machen.

„So funktioniert das in diesem Gebäude.“ Er stellte sich neben mich – so nah, dass unsere Arme sich beinahe berührten.

In diesem begrenzten Raum umhüllte mich sein köstlicher Duft, der mich auf merkwürdige Weise zu verführen suchte. Nur mit Anstrengung behielt ich meinen Blick geradeaus gerichtet. Auf keinen Fall sollte ich die Schweißtropfen auf seinen beeindruckenden Oberarmen anstarren. Oberarme in der Größe meines Kopfes.

Er schob auf dem Bedienfeld einen Messingschlüssel in ein vorbestimmtes Schlüsselloch, drehte ihn und presste dann den Knopf für das Penthouse. War ja klar, dass er im Penthouse wohnte. Wo auch sonst?

Apartments in Gebäuden wie diesen waren Schätze, die von Generation zu Generation weitergegeben wurden. „Wohnt deine Familie schon lange in diesem Gebäude?“

„Nicht direkt. Wir haben beim Glücksspiel gewonnen.“

„Hoher Einsatz.“

Sein räuberisches Grinsen sprach von

Gewinnen ohne großen Aufwand. „Sonst macht es keinen Spaß."

Der Fahrstuhl piepte und die Türen öffneten sich zu einem geschmackvollen, modernen Wohnzimmer, dekoriert in neutralen Grau- und Weißtönen.

Eine Zeile aus einem Lied sprang mir in den Kopf: *Into the dragon's lair walked the maiden.*

Er betrat sein Penthouse. „Fühl dich wie Zuhause. Ich hole mein Handy und etwas Wasser."

Mit Bedacht übertrat ich die Türschwelle und folgte ihm durchs Wohnzimmer, das direkt in eine renovierte, offene Küche überging. In Silber und Grau gehalten, glänzte sie so neu wie in einem Magazin. Sie war vollkommen leer, abgesehen von dem Handyladegerät, das in einer Steckdose über der Arbeitsfläche steckte.

Ich setzte mich an der Kücheninsel auf einen Hocker. „Du verbringst nicht sehr viel Zeit hier, oder?"

„Ist es so offensichtlich? Ich bin geschäftlich oft unterwegs." Er entfernte das Ladegerät vom Handy, tippte darauf herum und legte es vor mir hin. „Ich habe meine Bank-App geöffnet. Tippe einfach deine E-Mail ein und den Betrag, den du für ein neues Handy für angemessen erachtest."

„Sehr vertrauensselig von dir", neckte ich ihn. „Woher weißt du, dass ich nicht dein ganzes Geld auf mein Konto überweise?"

Hunter ließ seinen durchdringenden Blick

über mein Gesicht schweifen. „Das kann ich nicht wissen“, sagte er. Es fühlte sich wie ein Test an. Abrupt drehte er mir seinen Rücken zu. „Der PIN fürs Handy lautet 3752, falls es auf Energiesparmodus gehen sollte. Ich werde schnell duschen gehen und mir frische Klamotten anziehen.“

Ich gab mein Bestes, nicht an ihn zu denken – nackt und unter der Dusche. Allerdings konnte ich nicht abstreiten, dass das Bild in meinem Kopf ein warmes Gefühl in mir auslöste.

Ich nahm sein Handy und wischte die Bank-App weg. Die PIN-Eingabe erschien. Dahinter war ein verblasstes Bild, das einen anderen Mann mit Hunters Kinn und eine Frau mit seinen Augen zeigte. Das Paar lachte in die Kamera. Ich nahm an, dass es sich um ein digitales Bild eines eigentlichen Fotos in einem Fotorahmen handelte. Ich wusste aus Erfahrung, dass Menschen in unserem Alter normalerweise keine Fotos der Eltern in ihren jungen Jahren herumtrugen.

Meist führte nur eine Tragödie zu dieser Sentimentalität.

Auch ich hatte Fotos meiner Eltern als Hintergrundbild auf meinem Handy.

Ich überschlug die Beine und gab seinen PIN ein. Das Hintergrundbild wurde von einem anderen Foto abgelöst: von einem Strand mit Palmen.

Ich starrte das Handy an. Wen sollte ich

anrufen? Meine Mitbewohnerin befand sich gerade irgendwo in Asien und meine Großmutter war nicht in der Stadt. Die einfachste Lösung wäre, wenn ich mir Geld für ein Subway-Ticket von ihm borgen würde. Dieser Gedanke störte mich. Wenn ich eine Sache aus meiner Familiengeschichte gelernt hatte, dann: Mache keine Schulden bei Menschen.

Nicht, dass er jemals erfahren würde, dass ich mehr war, als es den Anschein hatte.

Mit dem Gewicht seines Handys in der Hand war es schwer, den Drang zu bekämpfen, in dem Gerät herumzustöbern. Fotos? E-Mails? Kontaktdaten? Sein ganzes Leben lag in meiner Hand.

Ich starrte auf das Bild mit den Palmen. Handelte es sich dabei nicht um ein Standardbild? Argwöhnisch durchsuchte ich das Handy. Keine extra Apps. Dem Gerät fehlte es genauso an Persönlichkeit wie dem Apartment, wenn man den Sperrbildschirm außer Acht ließ.

Wirklich merkwürdig.

Er kam mit nassen Haaren in die Küche, in einem Hemd, dessen Ärmel sich an seine beeindruckenden Oberarme schmiegten.

Er roch nach keiner besonderen Seife und doch schaffte es sein Duft, mir den Verstand zu rauben. Ich legte sein Handy schnell auf den Tisch. Obwohl er es mir ausgehändigt hatte, kam das Gefühl in mir auf, dass ich es nicht in der Hand haben sollte.

Ich stützte meinen rechten Ellbogen auf der

Arbeitsfläche ab und legte mein Kinn in meine Handfläche. „Was machst du gleich nochmal beruflich?"

Vor mir stellte er ein Glas Wasser ab. Ein Eiswürfel klirrte gegen das Glas. „Ein wenig davon und bisschen davon."

Ich strich mit dem Zeigefinger über den Rand des Glases. Ich ignorierte das Handy. Es war an der Zeit, diesem mysteriösen, attraktiven Fremden auf den Zahn zu fühlen. „Eine wirklich aufschlussreiche Antwort."

Sein Mundwinkel zuckte. Er legte seine beeindruckenden Unterarme auf die Arbeitsfläche und lehnte sich vor. „Willst du mir damit sagen, dass du an meiner Lebensgeschichte interessiert bist? Wo soll ich anfangen?"

Ich imitierte seine Körperhaltung und lehnte mich in seine Richtung. „Wirst du es mir wirklich erzählen?"

„Na ja, ich kann mit meiner ersten Erinnerung anfangen: Kuscheltier in meinen Armen. Ein pinker Elefant namens Fanfan." Die Vorstellung dieses Mannes – so ernst und schroff – mit einem pinken Kuscheltier brachte mich zum Lachen. Ein Lächeln huschte über sein Gesicht, das Schmetterlinge in meinem Bauch freisetzte. Verdammt! Mein Leben war auch ohne einen Mann, der im Stande war, diese Gefühle in mir auslösen, kompliziert genug.

„Hast du jemanden erreichen können?"

„Nein. Ich kenne keine einzige Nummer aus

dem Kopf. Kann ich mir von dir etwas Geld für die Subway leihen?“

Er nahm einen Schluck von seinem Wasser und betrachtete es dann ausführlich. Anscheinend war der Eiswürfel das Faszinierendste, was er jemals zu Gesicht bekommen hatte. „Ich kann dich heimfahren.“

Ich nahm mein Glas und tat es ihm gleich, indem ich den faszinierenden Eiswürfel betrachtete. „Das Angebot wirst du sofort zurückziehen, wenn ich dir sage, wo ich wohne.“

Er verzog das Gesicht. „Du wohnst in Jersey, oder? Lass mich raten: Hoboken?“

Ich senkte das Handy. „Also das sehe ich als Beleidigung.“

„Viele meiner Freunde sind aus Hoboken. Es ist nichts falsch daran, in Jersey zu wohnen.“

Ich betrachtete ihn mit einer hochgezogenen Augenbraue. Es dauerte nicht lange, bis wir beide lachen mussten.

„Queens“, sagte ich schließlich.

„Wenigstens ist es nicht Hoboken“, sagte er.

Wieder mussten wir lachen.

„Ich meine es ernst: Das Auto steht unten. Wenn sich der Feierabendverkehr etwas gelegt hat, fahre ich dich heim.“

Was bedeutete, dass ich mindestens eine Stunde mit ihm verbringen musste. Der Gedanke war berauschend. Und zu gut, um wahr zu sein. Schließlich war er viel zu attraktiv. Es lag nicht daran, dass es mir an Selbstbewusstsein fehlte. Keineswegs. Jedoch war ich mir sehr wohl darüber im Klaren, wie gewöhnlich ich in meiner menschlichen Form aussah. Vor allem im Vergleich zu meiner Mutter, die mit ihrer Schönheit immer die Aufmerksamkeit sicher hatte. Das Gleiche galt für meine Großmutter in ihrer Jugend. Für mich war Schönheit gleichbedeutend mit Gefahr.

Ich konnte nicht abstreiten, dass er mich mit diesen goldbraunen Augen ansah, als wäre ich die verführerischste Frau, der er jemals in seinem Leben begegnet war.

Vielleicht gehörte er zu den Menschen, die Magie fühlen konnten? Einige Menschen fühlten sich zur Magie hingezogen, selbst wenn sie nicht verstanden, was da vor sich ging. Auch wenn es keinen Beweis dafür gab, sagte Großmutter immer wieder, dass sich Magie in meinem Blut befand.

Aus diesem Grund bevorzugte ich die Gesellschaft von Menschen. Sie sahen mich nicht mitleiderregend an.

Ich stellte mir vor, wie es sein musste, meine Großmutter zu sein: Sie war eine der mächtigsten Shen, selbstbewusst und zweifelte niemals an sich. „Wenn ich dieses Angebot annehme, Hunter", sagte ich und senkte die Stimme bei seinem Namen zu einem heiseren Ton, „wie sollen wir dann die nächste Stunde füllen?"

Die Klimaanlage ging an. Summen füllte die Stille zwischen uns. Kalte Luft rauschte von oben auf mich herunter. Der Temperaturwechsel sorgte dafür, dass sich meine Nippel aufrichteten. Seine Augen senkten sich auf meine Brüste.

Seine Pupillen weiteten sich. Mit seiner Reaktion entfachte er Hitze in mir. Ein erregendes Kribbeln in meinem Bauch folgte. „Es gibt ein paar Dinge, die mir da einfallen würden", hauchte er.

Ich schluckte schwer. Was hatte ich mir nur dabei gedacht? Ich war nicht meine Großmutter; ich hatte bei diesem Spiel keine Erfahrung. Ich hielt nichts von One-Night-Stands mit Männern, die ich gerade erst getroffen hatte. Wahrscheinlich war es die Shen in mir, aber ich bevorzugte es, einen Mann erst richtig kennenzulernen. Ich mochte die Jagd. Zwar war ich keine Shen im eigentlichen Sinne, aber unsere Vorfahren zeichneten sich dadurch aus, dass sie alle Jäger gewesen waren.

Ich verschränkte die Arme vor meinen Brüsten und rutschte auf den Stuhl neben mir, weg von dem Luftzug der Klimaanlage. „Im Museum", sagte ich bestimmt, um ihm klar zu machen, dass er mich mit seinen Reizen nicht einfangen konnte. „Im Museum meintest du, dass du Fragen hast. Jetzt ist deine Chance, diese Fragen zu stellen."

Hunter lachte. Er lief um die Kücheninsel herum und setzte sich auf den Stuhl, den ich soeben verlassen hatte. Er drehte sich mir zu, wodurch er mir so nah kam, dass unsere Knie zusammenstießen. „Die Jagd auf Sophies Fragen ist also eröffnet? Gefällt mir."

Ich gab ihm meinen unechtesten verführerischen Blick. „Was auch immer du über allgemeine Motive der religiösen Artefakte aus dem historischen Nahost wissen willst, ich weiß es."

Sein Grinsen konnte breiter nicht sein und doch war es soweit von seinen Augen entfernt wie der Ozean von der Wüste. „Ich möchte mehr über die Frau mit den vielen Mündern wissen."

KAPITEL 3

ICH BLICKTE AUF DAS GLAS IN MEINER HAND, schwenkte das Wasser umher und lauschte dem Eiswürfel, wie er gegen das Glas klirrte. Mit wenig Erfolg versuchte ich, die plötzlich aufkeimende kalte Brise im Raum zu ignorieren. Warum wollte er ausgerechnet mehr über das Monster erfahren, das seit Jahrzehnten versuchte, meine gesamte Familie auszulöschen?

Ich schluckte schwer und zwang mich dazu, die Leichtigkeit in meine Stimme zurückzuholen. „Ja?“

„Was repräsentiert sie deiner Meinung nach?“

„Die Chinesen, Maya und Griechen haben ähnliche Namen für sie: Devourer. Eater. Mother of Teeth.“ Ich gab alles, um meine Stimme so gelassen wie möglich zu halten. Im Inneren jedoch flehte ich ihn schreiend an, das

Thema zu wechseln. „Trotz allem sind sie sich einig, um wen es sich handelt: den Tod."

„Gibt es Geschichten, in denen es um den Sieg über den Devourer geht?"

Diese Frage war der Grund, warum ich angefangen hatte, über den Devourer Recherchen anzustellen. Ich hatte wissen wollen, ob es jemals jemandem gelungen war, dieses Monster zu besiegen.

„Der Devourer ist der Tod." Ich erinnerte mich an eine Zeile aus einem akkadischen Gedicht. „Der Tod kann nicht bezwungen werden."

Gerade heute traf mich seine Frage hart. Ich wollte nicht länger über dieses Thema nachdenken.

„Dein Handy", sagte ich. „Sind die beiden deine Eltern?"

Er wandte den Blick ab und seine langen Finger wickelten sich fester um das Wasserglas. „Ja."

Die nachfolgende Stille war eine furchtbare Bestätigung meiner Vermutung. Ich legte meine Hand auf seine. Er fand meinen Blick. In seinen Augen konnte ich eine Leere sehen, die ich sehr gut nachempfinden konnte.

„Ich habe meine Eltern nie kennengelernt. Ich wurde von meiner Großmutter aufgezogen."

Er ließ sein Glas los und verwob seine Finger mit meinen. Seine Hände waren groß und schwielig. Schwielig? Das passte nicht zu dem Mann mit dem schicken Anzug und dem Penthouse.

„Manchmal denke ich, dass es besser ist, sie niemals in meinem Leben gehabt zu haben", flüsterte ich. „Diese Art von Liebe gekannt zu haben und sie dann zu verlieren …" Das Mitleid, das sich jetzt in seinen Augen widerspiegelte, kannte ich ebenfalls sehr gut. Bei ihm störte es mich nicht. Wahrscheinlich lag es daran, dass er von einem ähnlichen Verlust geprägt worden war.

Seine Hand schloss sich fester um meine und er sagte in einem ernsten Tonfall: „Jeden Moment, den ich mit meinen Eltern erleben durfte, trage ich wie einen Schatz in meinem Herzen. So wenige es auch waren." Wir sahen einander in die Augen, in einem Moment des gegenseitigen Verständnisses. In langsamen Bewegungen glitt sein Daumen über meinen Handrücken.

Es fiel mir schwer, einen Gedanken zu fassen. Ich entschied mich für eine Erinnerung aus meiner Kindheit. „Als Kind fühlte ich mich immer furchtbar, wenn ich sie vermisste. Ich hatte ein schlechtes Gewissen. Schließlich hatte ich doch meine Oma. Wie konnte ich nur so undankbar sein, weißt du?" Ich fragte mich, ob ihm klar war, dass er mich berührte. Ob er das nun wusste oder nicht: Seine Berührung fühlte sich berauschend an. „Vor allem an Vater- und Muttertag in der Schule, wenn wir dazu gezwungen wurden, Geschenke für unsere Eltern zu basteln."

Sein Daumen stoppte in seinen Bewegungen, bevor er antwortete: „Ich habe als Kind eine Karte mit einer Schleife nach Hause gebracht. Wir waren noch ganz neu in diesem Land und meine Großmutter dachte, es wäre eine Schlinge."

Ich lachte und erfreute mich an dem Lächeln, das er erwiderte.

Augenblick. Wir hielten immer noch Händchen.

„Ich muss zugeben", sagte er, „du bist ganz anders, als ich erwartet habe."

Mein Puls beschleunigte sich. „Oh, was hast du denn erwartet?"

Ein selbstbewusster, wissender Funken leuchtete in seinen Augen auf. Hunter wusste sehr wohl, was seine Worte für eine Wirkung auf mich hatten. „Ich weiß auch nicht. Ich mag dich mehr, als ich es für möglich gehalten hätte."

Seine Worte stimmten mich gleichermaßen positiv und negativ. „Ich mag dich auch, Hunter." Ich wusste, dass ich ihm von meiner Verlobung erzählen sollte – selbst, wenn ich nicht vorhatte, die Sache durchzuziehen.

Er lehnte sich vor, seine Lippen nah an meinen.

„Darf ich dich küssen?", fragte er, als wäre er ein Lord aus dem viktorianischen England.

Ich sollte es ihm wirklich sagen. Ich werde es tun. Gleich. Bald.

„Ja."

Seine Lippen landeten auf meinen. Auf der Stelle vergaß ich meine Bedenken. Die Verlobung und die Monsterjagd traten in den Hintergrund. Ich konnte nur noch an Hunter denken, der mich küsste. Ich rutschte vom Hocker und schob mich in den intimen Bereich zwischen seinen Schenkeln. Meine Hände lagen auf seinen Hüften. Durch das weiße Hemd konnte ich das sexy V spüren. Seine Finger fanden den Saum meines T-Shirts und hinterließen heiße Funken auf meiner Haut.

Ich fühlte mich in meinen Sportsachen – einer kurzen, engen Hose, einem Sport-BH und einem dünnen T-Shirt – ohnehin bereits halb nackt. Ich sollte aufhören. Als zurückhaltend konnte ich mich gerade nicht bezeichnen. Er war ein Fremder. Es gab eine Verlobung. Es gab so viele Gründe, ihn von mir zu schieben.

Und was machte ich? Ich zog ihn sogar näher zu mir! Seine Berührungen hatten eine hypnotisierende Wirkung auf mich. Und dieser Mund: so betörend und verlockend. Hitze blühte in mir auf. Ich gab mich der leichtsinnigen Begierde hin und machte mich an die Knöpfe seines Hemdes. Ich liebte es, dass er bei der Berührung meiner Finger erschauerte, sobald ich auf nackte Haut traf. Stöhnend presste er mich härter an sich.

Ich drehte meinen Kopf und entriss ihm

meine Lippen. „Normalerweise mache ich so etwas nicht“, sagte ich.

Er knabberte an meinem Ohrläppchen und flüsterte: „Ich auch nicht.“ Seine Hand glitt unter mein T-Shirt. Noch nie in meinem Leben war ich so froh über meine Besessenheit gewesen, dass ich Sport-BHs mit Rückenverschlüssen bevorzugte.

Der Verschluss schnappte auf. Er lehnte sich zurück und hielt mich mit seinem goldenen Blick gefangen. „Jetzt ist der Zeitpunkt, um mir zu sagen, dass ich aufhören soll, Sophie.“ Etwas an seinem Blick wirkte so überaus wild und alles andere als menschlich. Ich kannte ihn nicht und wusste nicht, was er für ein Spiel spielte. Das Schlimmste: In diesem Moment war es mir auch egal. Noch nie hatte jemand in mir derartige Empfindungen ausgelöst. Mir war so heiß. Ich fühlte mich schamlos und ich war mir ziemlich sicher, dass ich in Flammen aufgehen würde, wenn ich ihn nicht sofort haben konnte.

Wahrscheinlich war dies das letzte Mal, dass ich eine Entscheidung treffen konnte, ohne an jemand anderes denken zu müssen. Eine Entscheidung, die alleine mir gehörte.

Ich streckte meine Hände aus und schob ihm das Hemd über den Kopf. Scheiß auf die Knöpfe. „Wenn du aufhörst, Hunter, werde ich dich bis ans Ende der Welt jagen.“

Bei meinem furchtbaren Wortspiel sah er mich erstaunt an. Der Ausdruck ließ ihn menschlicher erscheinen, was ironischerweise dazu führte, dass ich ihn noch verzweifelter wollte.

Ein nervöses Lachen brach aus mir heraus.

Er grinste, seine Hände auf meinen Hüften. „Dafür wirst du bezahlen."

Dann hob er mich in seine Arme, entlockte mir einen erschrockenen Schrei und platzierte mich auf der Kücheninsel. Jetzt war ich diejenige, die ihre Beine spreizte, um Raum für ihn zu machen. Die Steinoberfläche fühlte sich kalt an meinem Hintern an – ein köstlicher Gegensatz zu dem Inferno, das in mir wütete.

Sein Mund näherte sich meinem rechten Ohr und er presste seinen männlichen, muskulösen Körper enger an mich. „Ich werde von dir kosten. Hier", sagte er und legte einen Finger auf meine Lippen. Ich steckte die Zunge raus und leckte den Finger. Als Belohnung packte er mit der anderen Hand meine Pobacke und zog mich näher zu sich. „Hier", sagte er und umfasste meine linke Brust. Seine Hand glitt südwärts, an dem elastischen Bund meiner kurzen Hose vorbei und hinein ins Hosenbein. „Und vor allem hier", sagte er, als er den feuchten Schritt meines Höschens berührte. Glühend heiße Begierde schoss bei diesen Worten durch mich hindurch, und seine Berührungen lösten auch meine letzten Bedenken in Luft auf. Ich hatte ihn doch gerade erst kennengelernt! Er war ein Fremder für mich und trotzdem war es genau dieses Wissen, diese damit einhergehende Gefahr, die mich noch mehr erregte.

„Und wenn du denkst, dass du keinen weiteren Orgasmus erträgst, werde ich dich so gut ficken, dass du für den Rest deines Lebens zu der Erinnerung masturbieren wirst." Er schob einen Finger an dem Schritt meines Höschens vorbei und strich über meine empfindliche Klitoris. Ich schnappte nach Luft. Die Begierde in meinen Adern war einfach zu überwältigend. „Habe ich mich klar ausgedrückt?"

Er drang mit einem Finger in mich ein. „Immer diese leeren Versprechungen", stöhnte ich.

Mein Geschlecht zog sich um ihn zusammen und er lächelte. „Nur die Wahrheit", sagte er.

Wahrheit.

Ein zweiter Finger folgte und ich erschauerte.

Ich packte seine Schultern. Bisher hatte ich nicht verstanden, wie jemand benebelt von Lust sein konnte. Jetzt kapierte ich es. Ich fühlte mich berauscht und lüstern. Wenn er mich nicht bald nahm, würde ich sterben.

„Hunter." Ich legte eine Hand gegen seine Brust und versuchte, ihn von mir wegzuschieben. Doch es war nicht einfach, eine Wand in Bewegung zu setzen. „Warte." Als er realisierte, was ich tat, zog er seine Finger zurück.

Merkwürdig. Der Verlust seiner Berührungen löste einen Kälteschauer in mir aus.

Die nächsten Worte sprudelten aus mir heraus, ohne die Hoffnung, gelassen und cool zu wirken. „Ich muss ehrlich mit dir sein. Eigentlich spielt es keine Rolle, aber … aber du solltest wissen, dass ich verlobt bin."

Sein gesamter Körper spannte sich an und er betrachtete mich, als hätte ich ihm eine Ohrfeige verpasst. „Verlobt", wiederholte er.

Meine Chancen mit ihm verdampften. Schnell fügte ich hinzu: „Zu einem Mann, dem ich noch nie begegnet bin, entstanden aus einer Vereinbarung, mit der ich nichts zu tun hatte."

Er fuhr mit der Hand durch seine dicken Haare und trat einen Schritt zurück. „Was?"

Ich verlor ihn. Eine unerklärliche, erschreckende Verzweiflung ergriff von mir Besitz, die nicht damit vereinbar war, wie lange ich ihn kannte. „Meine Großmutter ist diejenige, die die Verlobung arrangiert hat. Ich war noch ein Kind. Bis heute hatte ich keine Ahnung."

Er blinzelte und starrte mich an, als sähe er mich zum ersten Mal. „Heute", wiederholte er.

„Kurz vor meiner Präsentation im Museum." Ich zwang mich zu einem schwachen Lächeln. „Sie hat ein furchtbares Timing."

„Du wusstest es nicht?", fragte er in einem nahezu beißenden Ton.

Scheiße. Wut. War das ein gutes oder ein schlechtes Zeichen?

Mein Herz rutschte mir in die Hose. Niedergeschlagen rutschte ich von der Kücheninsel. Es war besser, diese Unterhaltung jetzt zu führen.

Das wusste ich, und trotzdem nervte es. Bei der Erkenntnis fühlten sich meine Gliedmaßen unnatürlich schwer an. „Ich weigere mich, zu glauben, dass ich mich an eine Vereinbarung halten muss, die in meinem Namen und ohne mein Einverständnis getroffen wurde. Ich bin doch keine Kuh, die zum Verkauf steht!"

„Bedeutet das, dass du die Verlobung auflösen willst?", fragte er.

Ich machte den Verschluss meines BHs zu und verschränkte dann die Arme unter meinen Brüsten. Wenn ich meiner Großmutter glauben konnte, war dies der einzige Weg, um vor dem Monster in Sicherheit zu sein. „Ich weiß es nicht."

Sein Blick war so intensiv, dass ich einen Schritt zurücktrat. Ich überlegte, was ich als Nächstes sagen sollte, doch er sprach zuerst: „Du solltest bei deinem zukünftigen Ehemann ein Mitspracherecht haben." Er wandte sich von mir ab. „Warte hier. Ich will dir etwas zeigen."

Die Klimaanlage legte wieder los, wodurch der Raum weiter abkühlte. Was auch immer beinahe zwischen uns passiert wäre, war Schnee von gestern. Enttäuschung zusammen mit sexueller Frustration löste den Drang in mir aus, auf einen Sandsack einzudreschen.

Ein vibrierendes Geräusch trat an meine Ohren. Eine Nachricht erschien auf seinem Handy – eine Nachricht, die mir ungeheuerlich bekannt vorkam.

Normalerweise machte ich es mir nicht zur

Angewohnheit, die Nachrichten anderer Leute zu lesen.

Aber …

Ich gab den PIN ein, den ich von ihm hatte und las die Nachricht.

Eine schreckliche Befürchtung keimte in mir auf.

„Sophie?“ Hunters fragender Ton erreichte mich von der Tür.

Als er meinen Gesichtsausdruck sah, stoppte er. Sein Blick fiel auf sein Handy in meiner Hand.

Ich legte mein gelassenes Ich-ziehe-in-die-Schlacht-Gesicht auf, obwohl mein Puls vollkommen die Kontrolle verlor.

Ich hob das Handy, damit er den Bildschirm sehen konnte. „*‚Hier hast du die restlichen Informationen zu deiner Verlobten. Falls ich mich wiederholen sollte, tut es mir leid: Sophie May*‘“, begann ich mit dem ersten Teil der E-Mail. „*‚Tochter von Yi-Fan und Breaker-of-Storms. Großmutter: Lady Keiko Asakusa. Doktorandin in Kunstgeschichte. Stellvertretende Direktorin am New York Metropolitan Museum of Art.*‘“

Ich wischte zur nächsten Nachricht. „*‚Erwartetes Datum für die Hochzeit –*‘“

Seine riesige Pranke schloss sich plötzlich um mein Handgelenk. „Es ist nicht, wie es aussieht.“

Würde ich über Magie verfügen, hätte ich ihn in diesem Augenblick in Asche verwandelt. Ich hätte beinahe Sex mit ihm gehabt und …

Und …

Ich konnte den Gedanken nicht einmal zu Ende bringen; ich war so wütend! Wäre ich eine wahre Shen, würden um mich herum jetzt Gegenstände explodieren und Lampen flackern. Stattdessen war ich darauf angewiesen, was ich mit meinen Worten anrichten konnte: „Lass. Mich. Los."

Er ließ mich los.

Rückwärts brachte ich Abstand zwischen uns. Mein Ziel? Die Tür. „Warum die Vorspiegelung falscher Tatsachen, mein liebster Verlobter?" Ich legte so viel Abscheu in das letzte Wort, wie es möglich war.

„Dass ich dich im Museum aufgesucht habe, war mit voller Absicht. Das gebe ich zu. Das Zusammentreffen im Park jedoch, das war reiner Zufall." Er schüttelte den Kopf. „Ich dachte, dass du weißt, wer ich bin. Ich dachte, du spielst Shen-Spielchen."

Eine Sache, die sehr typisch für Shens war. Allerdings war ich noch nie gut darin gewesen.

„Shen-Spielchen …", wiederholte ich. Sein Tonfall implizierte, dass er kein Shen war. Das machte keinen Sinn! Auf der Erde gab es Menschen und Shen. Zum einen die, die hier in menschlicher Form wandelten und die trotzdem Zugang zu mächtiger Magie hatten. Auf der anderen Seite existierten die Shen mit speziellen äußerlichen Eigenschaften wie Hörnern, Schwänzen, Flügel oder Schuppen. Ich hingegen war eine Anomalie, gehörte zu keiner der beiden Gruppen – ich war eine Shen ohne Magie.

„Ich bin kein Shen", sagte er. Er streckte die Hand aus und auf seiner Handfläche erschien ein Feuerball. Die Flamme flackerte auf eine Weise, die nicht natürlich war. Rauchfrei, farbenfroh und atemberaubend.

Keine einzige Shen war in der menschlichen Form zu so etwas fähig.

Drache.

Meine Großmutter hatte mich mit einem Drachen verlobt.

Ein weiterer Schritt zurück. „Das kann einfach nicht wahr sein."

Vor langer Zeit – zu der Zeit, als Rom fiel – hatten die Drachen als Immigranten eines sterbenden Planeten versucht, auf die Erde zu gelangen. Mein Vater hatte alles gegeben, eine Invasion der Drachen zu verhindern. Dasselbe Monster, das ihre Welt zerstört hatte, war ihnen zur Erde gefolgt.

Anstatt die Drachen zu jagen, hatte es seine ganze Aufmerksamkeit auf die Ausrottung der Shen gelegt.

„Ihr habt den Devourer mit auf die Erde gebracht", sagte ich gedehnt. „Ihr seid der Grund, warum es fast keine Shen mehr gibt."

„Ich wurde in New York geboren", sagte er. „Meine Eltern waren vielleicht Immigranten, aber ich wurde auf der Erde geboren. Wir haben sehr viel gemeinsam, du und ich."

Ich drehte mich von ihm weg. „Nein", sagte

ich mit Nachdruck. „Diese Abmachung wurde ohne mich getroffen." Ich lief vor ihm auf und ab. „Warum hat Oma das nur getan?"

„Du bist ein Kind der Erde. Deine Blutlinie kann bis zum Urknall zurückverfolgt werden", sagte Hunter in einem nervig gelassenen Tonfall.

In deinem Blut liegt immer noch Potential.

„Deswegen wurde die Abmachung getroffen", sagte ich verbittert. „Du bist hier, weil du meine Blutlinie brauchst."

Er fand meinen Blick. „Meine Begeisterung hielt sich auch in Grenzen, als ich davon erfuhr. Jedoch habe ich meine Meinung geändert."

Niemand, nicht einmal die Shen, wussten viel über die Drachen. Sie galten im wahrsten Sinne des Wortes als Aliens. Natürlich gab es Geschichten über die Drachen. Sex wurde genutzt, um eine permanente Bindung zu schließen, die einer magischen Geißelung gleichkam. Meine Stimme hob sich in skeptischer Ungläubigkeit. „Wolltest du mich mit Sex siegeln?"

Sein Schweigen sagte alles, was ich wissen musste. „Ich dachte, du wüsstest es."

Unbeschreiblich heiße Wut stieg in mir auf. Er wollte nicht mich, sondern nur die Magie in meinem Blut!

Es hatte nicht viel gefehlt und ich hätte meine Freiheit verloren. Sein Plan war es gewesen, mich zu versklaven. Mein Magen drehte sich bei dem Gedanken. Mit erhobener Hand trat ich mehrere Schritte zurück. „Wir sind hier fertig."

Er kam auf mich zu. „Du kannst nicht einfach gehen."

Ich schnappte mir meine Tasche und stapfte zur Tür. „Und wie ich das kann."

„Wie willst du nach Hause kommen?"

„Wenn es sein muss, laufe ich." Ich versuchte, die Tür zu öffnen. Sie war verschlossen. Ich senkte den Blick auf den Türknauf. Ich nahm an, dass sein Fingerabdruck nötig war oder dass er das Schloss mit seinem Handy steuern konnte. Ich wirbelte herum und er war mir näher, als erwartet. Ich war erleichtert, dass er dennoch einen respektablen Abstand einhielt. „Wirst du mich gegen meinen Willen hier festhalten?"

Ein grimmiger Ausdruck zeigte sich auf seinem Gesicht. „Der Schutzzauber deiner Großmutter wird nicht für immer halten."

Aus irgendeinem Grund machte mich das noch wütender.

Ich verengte die Augen und ruckelte an der Tür. Noch immer verschlossen.

Wieder drehte ich mich zu ihm um. Er tippte auf seinem Handy herum.

„Wenn du mich nicht sofort rauslässt, trete ich die verdammte Tür ein!" Eigentlich sollte ich Angst haben, denn ich hatte einen Drachen vor mir, der mit einem Fingerschnippen über seine magischen Fähigkeiten verfügen konnte.

Ich hatte nichts, war vollkommen machtlos. Keine Tricks, keine Sprüche, kein gar nichts.

Ich war wütend, oh ja. Vor allem war ich wütend auf mich selbst! Ich hatte meinen Verstand ausgeschaltet. Etwas, das ich von mir nicht gewohnt war.

Das Handy piepte, das Schloss klickte und die Tür öffnete sich.

„Ich habe den Autoverleih für dich angerufen“, sagte er.

Ich stapfte in den Fahrstuhl und betätigte den Knopf so hart, hoffend, dass sich dadurch die Türen schneller schlossen. Pustekuchen: Nur langsam reagierten die Türen auf meinen Befehl.

„Nimm das Auto. Nummer achtundachtzig“, sagte er.

Der Fahrstuhl schloss sich.

KAPITEL 4

ICH WAR ENTSCHLOSSEN, DAS HOCHGESTOCHENE Angebot des Leihautos nicht zu akzeptieren.

Dummerweise machte mir das Wetter einen Strich durch die Rechnung: Als ich aus der Eingangstür trat, entfesselte der Himmel einen sintflutartigen Regenguss. Entweder stieg ich in sein Auto oder ich würde in den Straßen von New York ertrinken.

So stieg ich in den verdammten Leihwagen.

Arschloch.

Die Erinnerung seines Mundes auf meinen Lippen blitzte in meinem Verstand auf.

Ich konnte es immer noch nicht fassen. Der Typ – der Drache – hatte Nerven!

Tatsächlich hatte ich geglaubt, dass zwischen uns eine Verbindung bestand. Wie konnte ich nur so dämlich sein?

Er hatte versucht, mich zu siegeln.

Das Gerücht, dass Drachen andere Wesen

durch Siegeln in eine magische Abhängigkeit bringen konnten, gab es schon seit Anbeginn der Zeit. Dabei bildete Sex eine magische Verbindung, die mit Unterwürfigkeit einherging.

Jedenfalls glaubten das die Shen.

Ich rieb meine Augen und dachte nach. Was wusste ich noch über die Siegel-Verbindungen der Drachen? Was hatte Großmutter mir zu diesem Thema erzählt? Etwas in die Richtung von: *Was Shen nicht wissen, das wissen sie nicht.* Sehr hilfreich, wirklich. Und: *Drachen behielten ihre Geheimnisse für sich.* Ich drehte eine Locke meines Haares um meinen Finger, während mein Verstand die verschiedenen Erzählungen über Drachen abspulte. Über die Jahre hatten sich diese Kreaturen einen Scherz daraus gemacht, ihre epischen Geschichten in Kinderbüchern niederzuschreiben. Als Kind war mir nicht klar gewesen, warum sie mir von meiner Großmutter immer vorgelesen wurden.

Ein Buch sprach von einem roten Ballon und einer magischen Katze, mit einem Vater, der seinen Sohn durch ein Siegel das Leben gerettet hatte. Daraus entnahm ich, dass es sich um eine bedeutungsvolle Verbindung handeln musste.

Aber waren diese Geschichten wahr? Obwohl Märchen immer einen Funken Wahrheit enthielten, waren es oft die Details, bei denen sich Freiheiten herausgenommen wurden.

Ich dachte, du spielst Shen-Spielchen.

Ich ballte meine Hände zu Fäusten. Oh nein, ich würde nicht weinen.

Der Fahrer hielt an und ich sprang aus dem Wagen. Ich rannte ins Gebäude, meine Schlüssel griffbereit, und kämpfte mich bis in die fünfte Etage vor. Im letzten Stockwerk angekommen, flackerten die Lampen im Korridor – nichts Ungewöhnliches. Die Nachbarschaft war nicht die Schlimmste, aber das Gebäude war alt.

Noch nie in meinem Leben war ich so froh gewesen, die drei Schlösser zu entriegeln und die Tür zu meinem dunklen Apartment zu öffnen.

Begrüßt wurde ich von einem merkwürdigen Geruch nach geschmolzenem Metall.

Für einen Moment fragte ich mich, ob Chloe wieder mit ihren Zaubertinkturen experimentierte. Das war das Problem, wenn man eine Hexe als Mitbewohnerin hatte. Meistens hatte ich keine Beschwerden, weder Ratten noch Kakerlaken wagten es, die unsichtbare Barriere zu übertreten. Dummerweise hatten ihre kleinen Experimente oft zur Folge, dass es nach einer Mischung aus Schinken und altem Schuh roch.

Dann kam mir ein Gedanke: Chloe befand sich in diesem Augenblick in Seoul.

Ich ließ meine Taschen fallen, machte das Licht an und rief: „Hallo?" Ich streckte die Hand nach dem Regenschirm meiner Großmutter aus, der gleich neben der Tür stand. Bei ihrem letzten Besuch hatte sie ihn bei mir vergessen und etwas davon gemurmelt, dass stürmisches Wetter einen immer unerwartet traf.

„Ist jemand hier?"

Alles schien normal. Eine violette Decke lag über der grauen Couch, die wir auf der Straße gefunden hatten. Der ganze Tag war dafür draufgegangen, um sie in die Wohnung zu hieven. Als Couchtisch diente eine Holzkiste mit den roten Buchstaben KXA an der Seite. Darauf lagen Klatschmagazine und gleich daneben stand eine Tasse mit einem Teebeutel.

Der Geruch blieb.

„Chloe", gab ich vor, meine Mitbewohnerin zu rufen. „Bist du hier?" Wahrscheinlich war ich nur paranoid, trotzdem behielt ich den Deckmantel aufrecht, als ich mich langsam durchs Apartment bewegte. „Die Jungs warten unten auf uns. Erinnerst du dich? Das Doppeldate? John, der Polizist und sein heißer Bruder Mark, der Navy Seal."

Keine Antwort.

Ihre Schlafzimmertür stand offen. Meine Tür war zu.

Ich schloss meine Schlafzimmertür niemals. Mir gefiel die Idee nicht, dass jemand unerwartet herausspringen könnte.

Ich trat einen Schritt zurück. Ich befand mich in einem beschränkten Bereich. Kein Handy. Keine Magie.

Flüchten? Es gab Wesen, die es liebten, die Verfolgung aufzunehmen. So sehr sie die Jagd liebten, fürchteten sie die Konfrontation, deshalb …

Ich atmete tief ein, packte den Griff des Schirms fester und trat meine Schlafzimmertür auf.

Sophie.

Ich erstarrte. „Oma?"

In meinem Schlafzimmer, das eigentlich nur aus einem Bett bestand, schwebte meine Großmutter im Schneidersitz zehn Zentimeter über der Matratze. Ihre Augen waren geschlossen und eine sanfte Aura umgab sie.

„Oma?"

Sie öffnete die Augen und für einen Moment war das Licht, das sie umgab, so hell, dass es sich anfühlte, als würde ich in die Sonne starren.

Ich hatte nicht meine Großmutter vor mir. Es handelte sich um eine Nachricht von ihr.

„Der Devourer ist hier. Ich werde ihn so lange ich kann, in die Irre führen, mein Liebling, aber ich werde ihn nicht für immer täuschen können."

Heiße, ungebetene Tränen fanden ihren Weg in meine Augen. „Nein! Warte –"

„Finde deinen Verlobten. Ich habe dir die Informationen geschickt, damit du ihn ausfindig machen kannst. Heirate ihn. Dann wird seine Familie dich beschützen."

„Aber –"

„Dein ‚aber' kannst du dir sparen, junge Dame. Sieh zu, dass du deinen kleinen Hintern in Sicherheit bringst. Wenn nicht für dich, dann für unsere Zukunft!"

Das Bild meiner Großmutter verblasste.

Großmutter.

Ich sank auf die Knie. In meiner Brust formte sich ein Loch. Solange ich denken konnte, hatte mich meine Großmutter auf diesen Moment vorbereitet.

Versuche nicht, mich zu finden.

Jedoch konnte man sich auf eine Situation wie diese genauso wenig vorbereiten wie auf eine Kollision mit einem LKW. Die Reaktion kam, wenn es passierte. Oder auch nicht. Jetzt fühlte es sich nicht nur so an, als hätte mich ein LKW erwischt, sondern als würde ein Sattelschlepper über mein Herz fahren.

Bilde dir nicht ein, dass du ein Monster besiegen kannst, das so viele mächtige Shen verspeist hat.

Ich betrachtete meine unnützen, magielosen Hände.

Lauf, kleiner Fuchs. Alles, was du tun kannst, ist wegrennen.

Es war schlimmer, so viel schlimmer, als ich es mir jemals hätte vorstellen können.

Heiße Wut kochte in mir hoch. Ich hasste, was ich war. Ich hasste, dass ich nicht sein konnte, was meine Großmutter brauchte. Meine Mutter, mein Vater und jetzt auch meine Großmutter hatten ihr Leben für mich geopfert, damit ich leben konnte. Und für was?

Alles für eine magische Versagerin.

Eine Versagerin, die keine andere Wahl

hatte, als einen Mann – einen Drachen – zu bitten, sie zu beschützen, der versucht hatte, mich ohne mein Wissen zu versklaven.

Ich dachte, du spielst Shen-Spielchen.

Dachte er wirklich, dass ich es wusste? Sogar jetzt spürte ich noch die heißen Pfade, die seine Berührungen auf meiner Haut hinterlassen hatten.

Du solltest bei deinem zukünftigen Ehemann ein Mitspracherecht haben.

Er hatte von mir abgelassen, als ich ihm von der Verlobung erzählt hatte.

Ich dachte, dass du weißt, wer ich bin.

Oma, formte ich mit dem Mund, meine Kehle von Trauer zugeschnürt. Sie war verschwunden. Und ich war als Nächstes dran.

Ein Angstschauer jagte durch meinen Körper. Das Monster hatte die Drachen zerstört und hatte die restlichen Überlebenden zur Flucht auf die Erde gezwungen. Wie stellte sich meine Großmutter das vor? Wie sollte mich Hunter beschützen, wenn das Monster eine Armee aus Drachen ausgelöscht hatte? Wie sollten mich die Drachen beschützen, wenn sie nicht einmal in der Lage waren, sich selbst zu retten?

Vielleicht waren wir alle dazu bestimmt, zu sterben, und das, was wir jetzt im Begriff waren zu tun, zögerte das unvermeidliche Ende nur hinaus.

Oder wusste Großmutter etwas, das mir verborgen blieb?

Ich lachte, während Tränen über meine Wangen rannen. Zu sagen, dass meine Großmutter Geheimnisse hatte, war wie zu sagen, dass Füchse Fell hatten.

Wenn ich jetzt zu Hunter ging, würde er sich dann als ehrbar erweisen und seine Seite der Vereinbarung einhalten?

Ich ballte meine Hände zu Fäusten. Zuerst musste ich ihn aufsuchen, über Einzelheiten konnte ich mir später Gedanken machen.

Ich schrieb Chloe eine Notiz. Ich wusste, dass sie sehr wohl in der Lage war, auf sich selbst aufzupassen. Das Monster war nur an Shen-Blut interessiert. Chloes menschliche Magie war einfach zu verschleiern. Ich packte eine Tasche mit den Basics: Kleidung, Zahnbürste und dem Schirm meiner Großmutter, zusammen mit Bargeld und Kreditkarten für den Notfall. Ich lief zu dem nächsten Geschäft und kaufte mir zwei Handys – die billigen Wegwerfgeräte – und realisierte in dem Augenblick, dass ich Hunters Nummer nicht hatte. Ich kannte noch nicht mal seinen Nachnamen. Mit dem Handy loggte ich mich in die Cloud ein, um herausfinden, welche Informationen meine Großmutter über Hunter bereitgestellt hatte.

Als ich das Handy einschaltete, wurde der Bildschirm schwarz und weiße Buchstaben traten aus dem Hintergrund hervor: WEGRENNEN IST NUTZLOS.

Ich warf das Gerät auf die Straße, wo es sofort von einem gelben Taxi zerstört wurde.

Der Regen hatte nachgelassen und hinterließ einen schwülen Dunst in der Luft. Tiefe Pfützen vermischten sich mit irisierendem Motoröl und anderen Chemikalien einer Großstadt. Ich fand meinen Weg um sie herum und lief zur Subway. Wenigstens wusste ich, wo Hunter wohnte. Ich war noch immer entschlossen, ihn nicht zu heiraten, aber vielleicht konnte ich einen anderen Deal mit ihm aushandeln. Drachen waren dafür bekannt, dass sie einem guten Geschäft nicht den Rücken kehren konnten. Ich musste nur darauf achten, dass es fair blieb.

„Hey, Schnecke", sagte ein weißer Mann, der an einer Hauswand lehnte. Er sah wie die menschliche Ausführung einer Bulldogge aus, mit seiner schiefen Nase, dem Halsband und der Glatze.

Ich vermied den Augenkontakt und hastete weiter.

Unerwartet packte er meinen Arm und zog mich zu ihm zurück.

„Ich habe mit dir gesprochen, Schnecke. Du solltest einem Mann Aufmerksamkeit schenken, wenn er dich anspricht."

Mit Leichtigkeit löste ich mich aus seinem Griff und wandte mich ihm zu. Ich packte meinen Schirm, ließ meine Arme fest am Körper und stellte sicher, dass ich einen festen Stand hatte. Ich war bereit – so wie es mir gelehrt wurde. „Glaube mir: Du willst das nicht tun."

Er lachte. „Will die kleine, braune Schnecke mit Karate um die Ecke kommen?“ In einer gespielten Abwehrhaltung hob er die Hände. „Na komm … Papa wird dir eine Lektion erteilen, die du niemals vergessen wirst.“

Ich sah mich um; die Straßen waren menschenleer. Wenn man Zeugen oder Polizisten brauchte, waren sie nie da! Warum sonst lebte man verdammt nochmal in einer Großstadt?

Ich bohrte den Schirm wie einen Gehstock in den Boden. „Du wirst zu mir kommen müssen.“

Er lachte und setzte sich in Bewegung.

Ich atmete aus, duckte mich tief und kollidierte mit seinem Oberkörper. Dann trat ich gekonnt gegen seine Beine.

Er fiel.

Ich presste die Spitze meines Schirms gegen seine Kehle.

Seine Augen weiteten sich und rollten nach hinten. Angst, Verwirrung und wutentbrannte Scham spiegelten sich auf seinem Gesicht wider. Hätte er eine Waffe, wäre ich am Arsch.

Es war an der Zeit, sicherzustellen, dass er mir nicht folgen würde. „Halte dich verdammt nochmal von mir fern.“ Mit dem Schirm schlug ich ihm gegen die Schläfe und trat ihm gleichzeitig mit meinem rechten Fuß in die Weichteile.

Er schrie noch immer, als ich die Stufen der Subway heruntereilte.

Normalerweise platzte die Upper West Side am Abend aus allen Nähten. Die plötzliche Kälte und der Regen hatten die Straßen jedoch leergefegt.

Ich lief zu Hunters Gebäude. Auf dem Weg überlegte ich, was ich meinem Verlobten sagen sollte. Was konnte ich ihm als Gegenleistung anbieten? Wenn es stimmte, was er gesagt hatte – dass auch er auf der Erde aufgewachsen war –, dann wollte er seine Freiheit wahrscheinlich genauso wenig aufgeben wie ich.

Drachen waren keine Einheimischen, aber sie galten als die mächtigsten Wesen auf der Erde. Wenn man den Gerüchten glauben durfte, konnten sie Portale in andere Dimensionen öffnen und sich beliebig teleportieren – zwei Fähigkeiten, die die Shen schon vor langer Zeit verloren hatten. Darüber hinaus hatten sie Technologien mitgebracht, die der Erde, damals wie heute, weitaus überlegen waren.

Es machte also absolut keinen Sinn, dass jemand, der so mächtig war, ausgerechnet mich heiraten wollte – eine Shen ohne Magie.

War Hunter in dem Punkt ahnungslos?

Der Knoten in meiner Brust zog sich fester zu.

Das würde ich meiner listigen Großmutter zutrauen. Die Vereinbarung wurde getroffen, als ich noch ein Baby war – lange vor dem Alter meiner Manifestierung.

Wenn er es wüsste, würde er mir trotzdem noch helfen? Erwartete meine Großmutter, dass ich ihn unter Vorspiegelung falscher Tatsachen heiratete? Würde das nicht zu einem verdammt wütenden Drachen führen?

Allerdings spielte das alles keine Rolle, da ich die Hochzeit nicht durchziehen würde. Unabhängig von diesem kleinen Detail: Ich brauchte Hunter. Nur er konnte mich beschützen.

Was könnte ich ihm anbieten? Was könnte er von mir wollen?

Etwas riss mich nach hinten. Ich wedelte mit den Armen und versuchte, mein Gleichgewicht nicht zu verlieren. Als ich mich umdrehte, sah ich mich dem Schnecke-Kerl gegenüber. Einem normalen Menschen wäre es nicht gelungen, mir zu folgen. Hasserfüllt sah er mich an. Erst jetzt fiel mir die grüne Aura um ihn herum auf. „Ich bin noch nicht fertig mit dir."

Sein Grinsen zeigte scharfe Fangzähne, die vorhin noch nicht sichtbar gewesen waren. „Wir suchen schon sehr lange nach dir. Die alte Füchsin ist dickköpfig, aber wir wussten, dass sie uns zu dir führen würde."

Oh Gott. Ich hatte Todesangst. Er war einmal ein Mensch gewesen. Jetzt war er eine Marionette, die vom Devourer kontrolliert wurde.

Der Mann trat einen weiteren Schritt auf mich zu, grinsend, in Erwartung einer Flucht meinerseits. Ich holte mit dem Schirm aus und rannte mit einem Kampfschrei auf ihn zu. Überrascht von meiner Attacke hob er die Hände, um meinen Angriff zu blockieren.

Ich jagte ihm den Schirm zwischen die Beine.

Seine Knie wackelten und er krachte auf den Asphalt.

„Hey!", hörte ich ihn schreien. „Die schwarze Schlampe hat mich bestohlen!"

Das Blut rauschte in meinen Ohren, als ich die Straßen absuchte. Ich hoffte wirklich, dass kein Polizist unterwegs war, der zuerst schoss und dann Fragen stellte. Ich rannte, so schnell ich konnte. Mein jahrelanges Training kam mir jetzt zugute.

Ich rannte über eine sechsspurige Straße und ignorierte das Hupkonzert. Ich sah über meine Schulter. Der Mann hing auf der anderen Seite fest. Es war nicht mehr weit zu Hunters Gebäude. Drachen hatten immer eine Art Schutzzauber um ihre Domäne, was sich auf das Grundstück ausweitete. Ich musste nur die Türschwelle des Apartmentkomplexes übertreten.

Ich rannte, ohne einen Blick zurückzuwerfen. Der Inhalt meines Rucksacks hüpfte auf und ab, als ich schließlich die Doppeltüren zum vergoldeten Foyer öffnete.

Klassische Musik spielte, die sich mit sanftem Rauschen eines Wasserfalls vermischte. Der Portier hatte seinen Blick aufs Handy gerichtet. Ausgehend von den Laserschwert-

Geräuschen und der dramatischen Musik verfolgte er gerade eine besonders spannende Stelle.

Nach Luft schnappend lehnte ich mich gegen die Wand. Ohne den Kopf zu heben, fragte der Portier: „Haben Sie ein Paket?"

„Was?" Ich erinnerte mich an den Rucksack auf meinem Rücken. Er musste annehmen, dass ich ein Kurier war. „Nein, ich bin hier, um Hunter zu sehen."

Der Portier sah mich irritiert an und pausierte seinen Film mitten in einer Explosion. „Einen Moment."

Eine Ewigkeit schien zu vergehen, während der Portier versuchte, Hunter zu erreichen. Mittlerweile nahm ich meinen Blick nicht von der Glastür. Ich befürchtete, dass der Mann jede Sekunde durch die Tür preschen würde.

„Er scheint nicht im Haus zu sein." Er wandte sich wieder seinem Handy zu. Laserwaffen waren erneut zu hören.

Seine Worte fühlten sich wie ein Schlag in die Magengegend an. Bis jetzt hatte ich nicht realisiert, wie sehr ich auf Hunters Hilfe gebaut hatte. Doch er war nicht hier. Er war nicht hier. „Können Sie mir sagen, wann er zurückkommt?"

Der Portier zuckte mit den Schultern. „Könnte heute sein oder morgen."

Fuck. „Haben Sie seine Nummer?"

Er seufzte und pausierte den Film erneut. „Hinterlassen Sie eine Nachricht für ihn." Er legte einen Notizblock und einen Stift auf den Tresen und fuhr mit seinem Film fort.

Ich nahm den Stift und erstarrte. Was für eine Nachricht wollte ich ihm hinterlassen?

Hi, ich brauche Hilfe. Bitte rette mich.

Verdammt, nein. Das klang so gar nicht nach mir.

Hunter, wenn du Zeit hast, lass uns reden. Hier ist meine Nummer.

Ich schrieb die Nachricht und schob den Block zum Portier. Ruckartig zog ich ihn zurück und fügte hinzu:

Falls mein Handy wieder kaputt gehen sollte, hier ist meine E-Mail.

Der Portier legte die Notiz auf seinen Schreibtisch. „Ich werde dafür sorgen, dass er die Nachricht erhält."

Ich sah hinaus auf die dunkle, kalte, nasse Straße und dachte an den Mann, der nur darauf wartete, dass ich mich zeigte.

Ich wandte mich wieder dem Portier zu. „Können Sie mir ein Taxi rufen?"

Er zog die Augenbrauen zusammen. Es fehlte nicht mehr viel und er würde mich rauswerfen.

Ich versuchte eine andere Taktik. „Denken Sie wirklich, dass zu dieser Zeit ein Taxi für mich anhalten würde?"

Sein genervter Blick blieb. Ich warf ihm sein Verhalten mir gegenüber nicht vor. Er war bei dem Film an einer guten Stelle. Ich wäre auch genervt.

„Ich habe kein Problem damit, Ihnen zu sagen, was als Nächstes passiert: Sie schaffen es zu dem Planeten, nur um zu erkennen, dass –“

Er schnappte sich das Telefon. „Okay, okay. Ich rufe ein Taxi.“

KAPITEL 5

DIE TAXIFAHRT ZU DEM VIERUNDZWANZIG-Stunden-Parkhaus in Queens erfolgte in einem funktionsfähigen, wenn auch ratternden, alten Honda, in dem es nach Zwiebeln roch. Von dort aus wagte ich eine nervenaufreibende Fahrt – inklusive einer beinahe Kollision mit einem Reh – in die Wälder von New York. Vier Stunden später fuhr ich über die Kieseleinfahrt. Meine Scheinwerfer trafen auf die riesigen Löwenstatuen, die die Einfahrt säumten. Bei der unsichtbaren Linie, die das Land meiner Großmutter markierte, hielt ich an, rollte das Fenster herunter und schrie in die Dunkelheit.

„Mack, Jack, wacht auf!"

Die Augen der Steinlöwen leuchteten rot auf. Sie streckten und verbeugten sich, bevor sie ihre Ausgangsposition wieder einnahmen.

Mit den Alarmanlagen aktiv setzte ich

meinen Weg fort und parkte schließlich neben der Terrasse der Blockhütte.

Ein hölzernes Windspiel, das ich mit zwölf im Feriencamp angefertigt hatte, begrüßte mich melodisch, als ich die Autotür öffnete. Ich lief die kleine Treppe hoch, schloss die Eingangstür auf und schubste die Tür auf. Der Duft von Nachtjasmin erreichte meine Sinne. Tränen füllten meine Augen und ich knipste das Licht an. Die Ranken der tropischen Pflanze, das Lieblingsstück meiner Großmutter, hatten sich ausgebreitet, die Wände hoch und über die Holzbalken. Sie hatte über die Jahrhunderte viele Schätze angesammelt – Schriftrollen, Juwelen und auch Seide. Die Kletterpflanze war eines der wenigen Dinge, die sie von meinem Geburtsort mitgenommen hatte, nachdem wir zur Flucht gezwungen worden waren. Der Duft erinnerte mich an meine Kindheit, an den Sommer, als mich der Geruch nach Orangen und Jasmin eingehüllt hatte.

In der Blockhütte fiel mein Blick zuerst auf die Blumencouch mit dem orientalischen Teppich. Auf einem abgewetzten Couchtisch lag eine Wachskreidestiftzeichnung, die ich in der zweiten Klasse angefertigt hatte, gleich neben einer ausgeblichenen Ausgabe eines Nancy Drew-Romans.

Ich stellte meine Tasche beim Eingang ab und holte tief Luft.

Endlich. In Sicherheit.

Ich lief zu dem geschnitzten Palisanderholztisch, auf dem eine weiß-blaue Schüssel mit Orangen stand, flankiert von zwei Urnen. Über dem Tisch hing eine Papierrolle mit einem gemalten Baum, der bis an die neun Meter hohe Decke reichte – ein Familienstammbaum, der alle meine Vorfahren auf einen Blick zeigte.

Am unteren Ende, genau auf Augenhöhe, sah ich die Namen meiner Eltern, die ich niemals kennengelernt hatte.

Ich öffnete die Schublade, zog Streichhölzer heraus und entzündete den Weihrauch als Begrüßung und in Erinnerung. Mit schwerem Herzen beobachtete ich, wie der Rauch Richtung Decke wirbelte.

„Hi, Mama. Hi, Papa."

Weihrauch wurde nur für die Verstorbenen angezündet. Für meine Großmutter entzündete ich keinen Weihrauch. Sie war noch am Leben.

Das musste sie.

Der braun karierte Sessel quietschte, als ich mich draufsetzte. Zum tausendsten Mal sah ich auf mein Handy. Die Balken schwankten zwischen einem und null. Ich hatte vergessen, wie katastrophal der Empfang hier oben war. Bei jedem Laut, den mein Handy von sich gab, hoffte ich auf Hunter. Aber nein. Stattdessen wurde ich von Rechnungserinnerungen und Restaurantempfehlungen genervt. Die Blockhütte hatte nicht mal WLAN. Großmutter hatte geplant, das im Sommer zu erledigen.

Ich nahm mir ein Kissen und wickelte die Arme darum.

Ich würde nicht weinen.

Obwohl ich entschlossen war, konnte ich spüren, wie sich die Tränen einen Weg über meine Wangen bahnten.

Das war alles meine Schuld.

Und der Devourer war immer noch dort draußen.

Mein Magen drehte sich und ich wurde von einem eisigen Schauer heimgesucht.

Großmutter gehörte zu den Mächtigsten unserer Zeit. Sie hatte Dynastien überdauert und all ihre Kinder und Enkelkinder überlebt – ausgenommen von mir. Und jetzt würde sie – wie auch meine Eltern – wegen mir sterben müssen.

Ich hob die laminierte Wachsmalstiftzeichnung auf, die meine Großmutter als Platzdeckchen nutzte. Es zeigte sie und mich; zusammen backten wir Cupcakes, während meine Eltern von einer Wolke auf uns herablächelten.

Mit der Bildseite nach unten legte ich die Zeichnung auf den Tisch zurück. Allein der Anblick beschämte mich. Ich schämte mich, meiner Großmutter erneut gegenüberzutreten. Ich schämte mich für das, was ich war.

Großmutter wäre nicht weggerannt. Sie würde nicht nach einem Kerl suchen, der sie retten sollte. Nein, sie hätte gelacht, hätte mit ihren Händen gewedelt und ihn in einen Frosch verwandelt.

Ich betrachtete den vertrauten Knoten im Holzfußboden und bekämpfte den Drang, nicht in Tränen auszubrechen. Diese Blockhütte war wahrscheinlich der letzte Zufluchtsort, der die Magie meiner Großmutter innehatte. Ihre Magie war nicht nur darauf limitiert, was sie persönlich anstellen konnte. Einbezogen war ein selbsterhaltender, magischer Algorithmus, den sie in gewöhnliche Objekte einbauen konnte. Eine seltene Gabe, sogar unter den Shen. Wie ein Haus mit Elektrizität, das selbst leuchtete, wenn es keinen Strom gab. Eine Art Generator? Schwierig zu erklären.

Das Blockhaus war alles, was mir noch von ihr blieb.

Ich atmete zittrig ein. Auf keinen Fall würde ich dieses Haus verlassen. Seit ich ganz klein war, hatte sie mir eingetrichtert, was in einer Notfallsituation zu tun war: *Gehe zu dieser Hütte und warte.*

„Warte auf Hilfe", hatte Großmutter immer gesagt.

Dann kam mir ein Gedanke: Auf wen wartete ich eigentlich? Diesen Teil hatte sie immer ausgelassen. Warum hatte ich niemals gefragt?

Als sich meine Magie nicht manifestiert hatte, wandten sich viele Shen von uns ab. Sie befürchteten, dass sie sich bei mir anstecken könnten. Nicht alle, aber genug, dass es verletzend war.

Ich wollte schreien. Meine Großmutter und

ihre geheimen Pläne. Ich verfluchte meine Selbstsüchtigkeit, als ich an die Nachricht für Hunter dachte. Ich durfte ihn nicht in diese Sache hineinziehen. Ich durfte nicht erlauben, dass eine weitere Person für mich ihr Leben lassen musste.

Ich stand auf und bewegte mich durchs Zimmer. Mein Handy hielt ich wie einen Talisman gegen meine Brust gedrückt. Ich betete um mehr Balken. Aber es passierte nichts.

Seufzend ließ ich mich auf die Couch fallen.

Ich hasste es. Ich hasste, dass ich hier herumsitzen und auf Hilfe warten musste. Ich wollte nicht gerettet werden. Ich wollte mich selbst retten.

Ich ging zu der Schüssel mit den Orangen und nahm eine in die Hand. Ich schnappte nach Luft. Grüner Schimmel zeigte sich auf der Unterseite.

Die Magie meiner Großmutter ließ den Jasmin blühen und verhinderte, dass die Orangen schimmelten. Die Früchte sollten frisch sein. Es sei denn …

Ich wollte die Orange in die Schüssel zurücklegen, als mich ein Klopfen erschreckte und mir die Frucht aus der Hand fiel. In dem Versuch, die Orange aufzufangen, schlug ich die ganze Schüssel von der Anrichte. Das Porzellan zerbrach in weiß-blaue Einzelteile, während die teilweise schimmligen Orangen über den Boden rollten.

Mein Körper war in Alarmbereitschaft. Es war nicht möglich, dass es jemand an die Tür geschafft hatte, ohne die magische Alarmanlage auszulösen.

Doch die Löwen schwiegen.

Ich schnappte mir meinen Schirm und fragte: „Hallo?"

Das Klopfen stoppte.

Ich schluckte schwer, näherte mich der Tür, machte das Verandalicht an und sah durch den Spion.

Es war niemand zu sehen.

„Mack, Jack", rief ich, meine Stimme zittriger als erwartet. „Ist dort draußen irgendetwas?"

Der unverkennbare Laut von Schritten erreichte mich vom hinteren Teil der Hütte.

Ich hastete zur Hintertür, schob die Gardinen zurück und machte die Gartenbeleuchtung an, obwohl mich die Panik vor dem Unbekannten fest im Griff hatte.

Nichts. Es war rein gar nichts zu sehen.

„Mack, Jack?"

Keine Antwort.

Ich rief ihre Namen noch einmal.

Auf der Vorderseite des Hauses war eine Explosion zu hören. Ich rannte zurück zur Eingangstür, sah durch den Spion und erblickte die glühenden, zerbrochenen Überreste der zwei Löwenstatuen.

Ich packte den Schirm fester. Heiße Tränen rannen über meine Wangen. Mack und Jack waren nicht einmal real gewesen – lediglich magische Konstruktionen. Aber ich kannte sie, seit ich denken konnte. Als Kind hatte ich sie mit künstlichen Blumenketten und billigen Mardi Gras-Perlen bestückt.

Ich sollte keine Zeit damit verschwenden, die Löwen zu betrauern. Ich sollte Angst haben. Angst klang in diesem Moment nach einer logischen Emotion.

Doch meine Familie … sie waren alle tot. Meine Großmutter war verschwunden. Nur wegen mir. Das Einzige, was ich noch vorweisen konnte, war dieser Ort und mein Zorn.

Geräusche an der Hintertür lockten mich zurück in den hinteren Teil des Hauses.

Ich stellte sicher, dass die Eingangstür verschlossen war, rannte nach hinten und machte das Terrassenlicht an. Ich bezweifelte, etwas zu sehen.

An der Grenze, die den Schutzzauber markierte, standen Wesen mit glühenden Augen, die direkt in meine Richtung starrten.

Ich riss den Vorhang zu, lehnte mit dem Rücken gegen die Wand und packte den Schirm mit beiden Händen.

Okay, also diese Wesen waren eindeutig nicht die Hilfe, nach der ich mich gesehnt hatte.

Augenblick, warum wackelte mein Schirm? Ich sah auf meine Hände und erkannte, dass der Schirm nicht die Ursache war. Mein ganzer Körper zitterte wie Espenlaub.

Mein Herz schlug ungewöhnlich schnell. Großmutters Schutzzauber würde mich vor diesen Dingern beschützen. Die Zauber mussten einfach halten, bis Hilfe kam.

Auf der anderen Seite des Raumes erhob sich der Weihrauch und kreiste den Namen meines Vaters ein. Stormmaker. Blitzschläge waren seinen Befehlen gefolgt, und er war in der Lage gewesen, Donnerschläge mit seinen Flügeln auszulösen, womit er Gebäude zum Einsturz gebracht hatte.

Niemals hätte sich mein Vater feige zurückgezogen. Genauso wenig wie meine Mutter oder meine Großmutter.

Ich sprintete zu der Holzkiste, die als Couchtisch diente, öffnete den Deckel und fand eine graue Weste und ebenso gleichfarbige Handschuhe. Ich zog beides an, zusammen mit stahlähnlichen Unterarmschienen. Auch für meine Schienbeine gab es metallische Konstruktionen, die ich mir sofort anlegte.

Auf dem Grund der Kiste lag ein Schwert. Der Griff war teilweise geschmolzen, aber die Klinge war noch immer funktionsfähig.

Es hatte meinem Vater gehört. Ich konnte es verwenden, um mit Hunter zu verhandeln.

Mit der freien Hand schnappte ich mir wieder den Schirm und ging zur Hintertür. Ich näherte mich langsam und mein Geruchssinn meldete sich: etwas brannte. Es roch grauenvoll, industriell und chemisch.

Die Schattenkreaturen testeten die Grenzen

des Schutzzaubers. Funken glühten auf, jedes Mal, wenn sie sich näherten.

Der Schutzzauber war weit gefächert. Um die Stärke zu intensivieren, musste ich den Wirkungskreis verringern.

Was zur Folge hätte, dass mir die Kreaturen näherkamen.

Ich schluckte schwer, legte meine Hände auf die Wände der Hütte und sagte: „Heran."

Die magische Programmierung, die meine Großmutter bei der Blockhütte vorgenommen hatte, war beeindruckender als bei den neuen Smart-Houses. Sogar eine Person ohne magische Fähigkeiten, wie ich es eine war, konnte die Schutzzauber befehligen. Die Barriere schrumpfte. Gleichzeitig wurde der Zauber verstärkt. Jetzt waren die Schattenwesen näher an der Blockhütte und ich konnte ihr Aussehen besser ausmachen: Obwohl ihr Umriss menschlich wirkte, so unterschieden sie sich in einem Punkt: Statt eines Kopfes mit Haaren krönte ein Schädel mit glühenden Augen ihre Schultern. Ich wusste nicht, was genau ich vor mir hatte. Das war allerdings auch egal: Der Schutzzauber sollte insbesondere der Magie des Devourers standhalten, weswegen ich den Schluss zog, dass diese Kreaturen auf den Befehl des Erzfeindes der Shen hörten.

Etwas Riesiges landete im Dunkeln neben den Schattenwesen.

Die Kreaturen drehten sich um und hüpften in die Dunkelheit.

Feuer entlud sich – so hell, dass es mich blendete.

Ich schloss die Augen und hoffte, dass es helfen würde, um meine Sicht zurückzuerlangen.

Als ich meine Augen wieder öffnete, trat ein riesiges, schwarzes Reptil aus der Dunkelheit, mit einer rauchenden Schnauze und goldenen Augen. Groß wie ein Bus, mit zuckendem Schwanz und einem durchdringenden, goldenen Blick beobachtete er die Blockhütte.

War das die ersehnte Rettung?

War das Hunter?

Ich löste die Verriegelung und öffnete die Tür. Die Luft wurde von Rauch und wirbelnder Asche beherrscht.

Ich trat einen Schritt aus der Hütte. Es regnete und Dampf erhob sich von den Schuppen des Drachen.

Ein echter Drache.

Meine Familie bestand aus phantastischen Kreaturen der menschlichen Mythologie. Meerjungfrauen, Feuervögel, Einhörner. Alle hatte ich sie kennengelernt und wäre ich vollständig, dann wäre ich wie sie.

Doch das erste Mal auf einen Drachen zu treffen, war nicht dasselbe.

Der Drache verschwamm vor meinen Augen, Schuppen verschoben sich und die Gestalt änderte sich.

Sie waren nicht von dieser Welt; sie waren nicht wie wir Shen.

Hunter stand vor mir, in seiner menschlichen Form.

Umhüllt von Dunkelheit schien die sterbliche, umgängliche Fassade eines Mannes, mit dem ich über Hoboken gescherzt hatte, nicht mehr zu existieren. Seine dunklen Haare waren nass vom Regen. Seine Schultern, seine Arme, sein Oberkörper waren durchtrainiert. Er war die Manifestierung eines perfekten Mannes. Noch immer stieg Dampf auf, jedes Mal, wenn ein Tropfen auf seiner überhitzten Haut landete. Einige Tropfen überlebten länger und rannen über seinen nackten Körper, und gerne würde ich sagen, dass ich mich dazu zwingen musste, meinen Blick auf sein Gesicht zu richten. Doch das wäre eine Lüge: Seine goldenen Augen zogen mich in ihren Bann. Sein Blick war so durchdringend, dass ich alles um mich herum vergaß.

Ich schluckte schwer. Mein Mund war so trocken, wie meine Haare nass waren.

Ich konnte mir denken, wie ich mit meinen zusammengewürfelten Waffen auf ihn wirkte – wie ein begossener Pudel.

„Dich zu finden, war nicht leicht“, sagte er.

„Wie hast du es geschafft?“

„Magie“, antwortete er, ohne das Gesicht zu verziehen.

Ich sah ihn ungläubig an.

Sein rechter Mundwinkel zuckte und es fühlte sich an, als blickte ich direkt in die Sonne. „Hast du eine andere Antwort erwartet?“

Etwas Großes mit vier Pfoten sprang aus den Schatten auf Hunter zu.

„Achtung!“, schrie ich, doch es war bereits zu spät.

KAPITEL 6

ICH HATTE NOCH NIE EINEN DRACHEN KÄMPFEN sehen.

Er bewegte sich mit der Schnelligkeit einer Shen und schaltete das Schattenwesen mit einem Schlag gegen den Kopf aus. Bei dem Angreifer handelte sich nicht um ein Geschöpf des Planeten Erde, mit seinem gummiartigen Gesicht und den unnatürlich vielen Zähnen. Die winzigen Augen und der schuppige Schwanz erinnerten an eine Mischung aus Hai, Wolf und Eidechse.

Das Ding versuchte, wieder auf seine vier Pfoten zu kommen. Hunter hielt es davon ab, indem er den Fuß auf den Rumpf stellte und es niederdrückte. Dann schlug Hunter gegen die Kehle des Wesens. Das Knacken hallte erfolgversprechend durch den Garten.

Die Luft füllte sich mit unnatürlichen Quietschgeräuschen.

Zwei weitere Hai-Wölfe sprangen aus den Schatten. Hunter packte den leblosen Körper des ersten Angreifers und dieser zerbarst in Flammen, als er ihn von sich warf. Eines der Wesen duckte sich rechtzeitig, das andere wurde von seinem Kameraden getroffen und ging ebenfalls in Flammen auf.

Ich konnte nicht einfach zusehen und ihn die ganze Arbeit machen lassen. Niemand anderes sollte für jemanden sterben, der so nutzlos war wie ich. Ich rannte zur Grenze des Schutzzaubers. „Hey! Ich bin hier!"

Drei Hai-Wölfe rannten auf mich zu.

Hunter schrie eine Warnung, jedoch wurde auch er angegriffen, wodurch sie verhinderten, dass er zu mir gelangte.

Die drei Hai-Wölfe schnappten mit den Mäulern und krachten immer wieder in die unsichtbare Barriere.

„Festhalten", sagte ich.

Die Schutzmauer wurde sichtbar und hob die Hai-Wölfe nach oben. In der Luft hängend wehrten sie sich und schnappten mit ihren vielen Zahnreihen nach mir. Tentakeln mit winzigen Mäulern schlängelten sich aus den Kehlen der Hai-Wölfe, wie augenlose, glitzernde Aale.

Ich nahm Großmutters Schirm und konzentrierte mich auf die Erweiterung, die sie für mich vorgenommen hatte: Der Regenschutz verwandelte sich in einen schwarzen Degen. Ich holte aus und schwang nach den Wesen.

Nachdem die Aufgabe erledigt war, verwandelte sich der Schirm in seine Ausgangsform zurück.

Ich sah zu Hunter. Zu seinen Füßen lagen bewegungslose Hai-Wölfe. Er trat über sie hinweg, kam zur Barriere und hielt direkt davor an.

„Komm rein", sagte ich. Die Barriere schimmerte und offenbarte einen Durchgang. Hunter trat ein. Er war nass, nackt und bedeckt von Hai-Wolf-Gedärmen. Trotz allem spürte ich, wie sich bei seiner Nähe eine unerklärliche Hitzewelle in mir ausbreitete. Ich beeilte mich und schloss die Barriere wieder.

Hinter Hunter war Quietschen zu hören. Ich konnte noch beobachten, wie die niedergemähten Hai-Wölfe von ihren Brüdern weggezerrt wurden.

„Es war nicht geplant gewesen, dass du kommst." Hitze strahlte von ihm ab, als würde er versuchen, mit seiner Haut ein Steak zu braten. Jetzt hatte er keinen Grund mehr, Drachen-Geheimnisse vor mir zu haben.

Gerade diese Hitze, die sein Körper ausstrahlte, war es, die mir in Erinnerung rief, was für eine Kreatur ich vor mir hatte.

„Okay, ich bin trotzdem hier", sagte er, als er die Hintertür der Blockhütte zumachte.

Ich errötete. Ich war in der Hütte meiner Großmutter. Mit ihm. Nur wir beide. Mit dem Mann, der mein Verlobter war und mit dem ich beinahe Sex gehabt hätte.

Mein Verlobter, der wirklich sehr nackt war.

Der ekelhafte Geruch nach Öl und Verwesung traf mich.

Nackt und bedeckt in Hai-Wolf-Gedärme, erinnerte ich mich.

Mit Bedacht drehte ich ihm den Rücken zu. „Ich nehme an, dass du gerne duschen würdest." Ich lief durch den kleinen Flur.

„Das würde ich wirklich sehr schätzen", erwiderte er direkt hinter mir.

Ich öffnete den Schrank mit den Handtüchern und gab alles, um seine Nähe zu ignorieren. „Du musst nicht bleiben. Jeder, der jemals den Versuch unternommen hat, mich zu beschützen, wurde vom Devourer erwischt. Meine Eltern. Und jetzt auch meine Großmutter." Ich fand schließlich, nach was ich gesucht hatte. Ich schnappte mir das Handtuch und schloss die Schranktür etwas zu laut. „Es gibt keinen Grund, dass du deinen Namen zu dieser Liste hinzufügst. Zumal ich mit baldiger Rückendeckung rechne."

Ich drehte mich um und wäre fast in ihn reingerannt. Er packte meine Handgelenke, damit ich nicht auf dem Hintern landete. Die Hitze seiner Berührung löste einen Schauer in mir aus. „Ich bin die Rückendeckung. Die Vereinbarung steht. Du bist immer noch meine Verlobte."

Oh. Also war Hunter die Hilfe, auf die ich warten sollte.

Er hatte die Hand auf dem Türknauf zum

Badezimmer. War dieser Flur schon immer so winzig gewesen? Ich schüttelte den Kopf. „Du musst nicht den Helden für mich spielen."

„Ich versuche doch nur, dir zu helfen."

Ich reichte ihm das Handtuch und drehte mich um. „Geh duschen. In der Zwischenzeit mache ich dir einen Tee. Dann können wir reden."

Ein merkwürdiger Gedanke ging mir durch den Kopf. „Hunter?" Ich drehte mich um und sah ihm das erste Mal ins Gesicht, seit er die Blockhütte betreten hatte.

Sein ernster Blick war beinahe zu viel für mich. „Ja, Sophie?"

Ich konnte nicht abstreiten, dass zwischen uns etwas passierte. Aber ich wusste, dass es Dinge gab, die er vor mir verschwieg. „Woher wusstest du, dass meine Großmutter entführt wurde?"

Sein Mundwinkel zuckte. „Der Ausstoß der Macht? Ich denke, jeder lebende Drache und jede Shen an der Ostküste hat gespürt, wann sie entführt worden ist", sagte er, bevor er die Tür zum Badezimmer öffnete.

Mit geballten Fäusten ging ich in die Küche.

Jede lebende Shen war sich darüber im Klaren gewesen, nur ich nicht. Und niemand war gekommen, um mir zu helfen, da sie davon ausgingen, dass ein magieloses Wesen wie ich als Nächstes vom Devourer überwältigt werden würde. Ich wäre eine Gefahr für jeden, der sich in meiner Nähe befand.

Ich füllte den Wasserkocher und stellte ihn an. Was für einen Tee er wohl bevorzugte? Etwas Verwegenes und voll mit Gewürzen vielleicht? Ich wählte einen Chai und es dauerte nicht lange, bis der Duft nach Nelken und Zimt den Raum füllte. Ich konzentrierte mich auf die Aufgabe, die Teekanne mit dem Sieb vorzubereiten und die Tassen aufs Tablett zu stellen. Die einfachen Handlungen erinnerten mich an meine Großmutter und selbst jetzt hatte ich das Gefühl, dass ich sie hören konnte: *„Es ist niemals nicht Zeit für Tee.“*

Ich spreizte die Finger auf der gesprenkelten Laminat-Arbeitsfläche und stellte mir vor, ihre Magie an der Oberfläche spüren zu können.

Wie immer fühlte ich rein gar nichts.

Hunter kam in die Küche. Um seine Hüften trug er das rosafarbene Handtuch, auf dem eine lächelnde Cartoon-Katze in einem pinken Kleid und einer Schleife am Ohr zu sehen war. Seine Haare waren nass und seine Haut noch nicht ganz trocken. Ich hatte versucht, ihn in meinem Verstand weniger sexy erscheinen zu lassen, aber ihn in dem Handtuch zu sehen, das sein V akzentuierte, ließ mich eine Sache erkennen: Ich würde Nihao-Katze nie wieder so sehen wie zuvor.

Er zog die Augenbraue hoch. „Nihao-Katze?“, fragte er.

„Was? Ist sie nicht männlich genug für dich? Fürs nächste Mal stelle ich sicher, dass ich dir etwas Schwarzes mit Totenschädeln heraussuche."

„Nächstes Mal." Ausgehend von seinem Ton konnte ich nicht sagen, ob er spekulierte oder mit mir übereinstimmte.

Ich goss Tee in eine Tasse und schob sie zu ihm. „Auf dem Tablett stehen Milch und Zucker."

„Ich trinke ihn schwarz, danke."

Natürlich tat er das. In seinem Handtuch lehnte er sich gegen die Wand. Seine verschränkten Arme betonten seine außergewöhnlichen Oberarme. Die winzige Teetasse in seiner Hand machte einen geradezu lächerlichen Eindruck. „Du weißt, dass du hier nicht bleiben kannst", sagte er.

Ich lief an ihm vorbei zur Couch, wo ich mich hinsetzte und die Truhe öffnete. „Die Hütte gehört meiner Oma. Es gibt keinen Ort, an dem ich sicherer bin."

„Wenn das Monster sie tötet, werden ihre Schutzzauber nicht nur an Stärke verlieren, sondern gänzlich verschwinden. Dann bist du vollkommen schutzlos und verletzlich."

Tränen brannten in meinen Augen. Er dachte, dass meine Oma noch am Leben war.

Ich schluckte schwer. Natürlich war sie das. Das musste sie.

Hunter musste die rohe Emotion in meinem Blick gesehen haben; er pikste in der Luft herum. Ein kurzweiliger Schimmer aus Magie tauchte auf. „Wäre sie bereits tot, könnte ich das nicht machen."

Meine Großmutter hatte sichergestellt, dass Hilfe für mich kommen würde.

Ich hob den Schirm vom Fußboden auf. Für einen Moment fühlte ich das Gewicht der Armschienen, die ich noch immer trug. Ich hatte mehr verzauberte Objekte an meinem Körper als die Figuren eines ganzen Märchenbuches. Dann dachte ich an die vielen Reihen aus gelben Zähnen. Bei den Hai-Wölfen handelte es sich nicht mal um das Monster selbst, sondern nur um seine Gefolgschaft.

Ich legte den Schirm wieder auf den Boden. Ich hatte nicht die Macht, meine Großmutter zu retten oder ihr zur Hilfe zu eilen.

Ich konnte endlich zugeben, auf wen ich die ganze Zeit gehofft hatte: Auf andere Shen, die zu meiner Rettung kommen würden. Ich ballte die Hände zu Fäusten. Ich hätte es besser wissen sollen. Shen beschützten nur sich selbst. Für sie galt ich nicht als echte Shen.

Und jetzt hatte ich Hunter, einen Drachen, mit dem ich verlobt war. Er würde mich beschützen. Bei dem Gedanken, dass Hunter im Kampf gegen den Devourer etwas geschehen könnte, schmerzte mein Herz.

„Dieser Ort ist alles, was ich noch von ihr habe. Ich bleibe hier."

Hunter stellte die Teetasse ab und kam zu mir gelaufen. „Ich dachte mir schon, dass du als

Tochter von Yifan und dem Maker of Storms etwas in dieser Art sagen würdest."

Ich ballte meine Hände. „Wenn es etwas gäbe, das ich tun könnte, würde ich es tun."

Er setzte sich neben mich und die Couch knackte unter seinem Gewicht.

„Du dachtest, dass ich Shen-Spielchen spiele, aber das mache ich nicht. Im Gegensatz zu meiner Großmutter könnte ich mit den Konsequenzen nicht umgehen."

Hunter runzelte die Stirn.

„Ich bin die Tochter meiner Mutter und meines Vaters und ja, ich bin eine Shen." Ich atmete tief ein. „Aber ich besitze nicht die Fähigkeit, um die Magie meiner Vorfahren einzusetzen."

Dies war ein Geständnis, das andere Shen niemals ausplaudern würden, um zukünftige Verhandlungen nicht zu gefährden. Mir wurde klar, dass meine Großmutter bei den Verlobungs-Arrangements meinen magielosen Status nicht erwähnt hatte. Ihm, einem Drachen, diese Information auszuhändigen, war dämlich. Das wusste ich, aber ich war so erschöpft von den vielen Geheimnissen.

Ich sah ihm direkt in die Augen und sagte: „Ich bin eine Shen, aber ich verfüge über genauso viel Magie wie ein Mensch."

Er sah mich mit einem evaluativen Blick an.

„Ein gewöhnlicher Mensch", fügte ich hinzu, als ich mich an meine Hexen-Mitbewohnerin Chloe erinnerte.

„Das Potential liegt in ihrem Blut", murmelte Hunter, womit er die Worte meiner Großmutter wiedergab. Er verengte die Augen. „Du kommandierst die Zauber deiner Großmutter. Du hast ein magisches Schwert benutzt, um die Helfer des Devourers in die Flucht zu schlagen. Du trägst, wie ich annehme, magische Rüstung. Und trotzdem behauptest du, dass du keine Magie ausüben kannst."

„Ich fahre auch ein Auto. Das bedeutet noch lange nicht, dass ich verstehe, wie es funktioniert oder wie es aufgebaut ist."

Er schüttelte den Kopf.

Ich sah ihm direkt in die Augen. „Ich versuche nicht, dich zu verwirren –"

Er umfasste mein Handgelenk. Hitze breitete sich von dem Kontaktpunkt aus und setzte meinen Arm in Flammen. Ich riss an meinen Arm, hatte jedoch keine Chance gegen seine Kraft.

Das Feuer verbrannte meinen Arm nicht. Es war heiß und auf eine merkwürdige Art fühlte es sich angenehm an.

Eine Wärme entfachte in mir, die auf sein Feuer reagierte. „Was machst du?", hauchte ich.

Feuer tanzte über meinen Arm. Es fühlte sich an, als würde Hunter meine Haut liebkosen, während mein Ärmel keinen Schaden davontrug. Seine dunklen Augen waren auf mich gerichtet, seine Lippen leicht geöffnet. „Gib mir deine andere Hand."

Das komische Gefühl in meinem Inneren

war warm und empfänglich. Es wäre schlichtweg dämlich, dieser Empfindung nicht skeptisch gegenüberzustehen.

Ich hörte auf, mich zu wehren. Trotzdem gab ich ihm nicht meine andere Hand.

„Bitte“, sagte er in einem sanften Tonfall. „Ich verspreche dir, dass ich dir nicht wehtun werde. Ich werde nichts ohne deine Einwilligung tun.“

„Es kam nur selten vor, dass Drachen um etwas baten“, hatte Großmutter einmal zu mir gesagt. Und wenn sie es taten, war es von großer Bedeutung, ihnen zuzuhören. Denn das bedeutete, dass du etwas hattest, nach dem sie sich sehnten. Zudem war es eher selten, dass Drachen nicht bekamen, was sie wollten. In diesem Punkt war Vorsicht die Mutter der Porzellankiste.

Wären wir einfache Menschen, gäbe es keinen Zweifel über seine Absichten.

Aber er war kein Mensch und es wäre ein Fehler, ihn als solchen zu sehen.

Langsam hob ich meine freie Hand und legte sie in seine. Seine Finger schlossen sich um meine Hand. Jetzt schossen die Flammen auch an meinem anderen Arm nach oben, wodurch die Verbindung vervollständigt wurde. Ich schnappte nach Luft, als mir zum ersten Mal bewusst wurde, was es bedeutete, ein Drachen zu sein.

Es bedeutete Macht. Unaussprechliche Macht.

KAPITEL 7

Ich zuckte zusammen. Die Intensität seiner Magie beeindruckte mich auf eine unvorstellbare Weise: Sie umgab mich und stachelte die kleine Flamme in mir an. Ich brach an seiner Brust zusammen und er wickelte die Arme um mich. Sein Feuer brannte um uns herum – heiß und beschützend.

Ich konnte nicht aufhören, zu reden. Ich wusste nicht, was ich sonst machen sollte. „Ja, die Magie ist in meinem Blut. Ich werde immer eine Shen sein. Aber nur weil man Augen hat, bedeutet das nicht, dass man sehen kann. So verhält es sich auch mit meiner Magie: Ich kann sie nicht benutzen, obwohl ich sie besitze."

Der Ausdruck in seinen Augen verriet, dass meine Worte keine Bedeutung für ihn hatten. „Aber die Magie ist *in* dir", sagte Hunter entschlossen. „Für die Erfüllung der Vereinbarung spielt es keine Rolle, ob du deine Kräfte nutzen kannst oder nicht."

Seine Worte erinnerten mich daran, was er wirklich wollte. Nicht mich, sondern meine Magie. Ich hob mein Kinn. Meine nächsten Worte sollten Entschlossenheit widerspiegeln: „Ich werde dich nicht heiraten, Hunter."

Seine Finger spannten sich um meine Hände an. „Nicht mal, wenn das bedeutet, dass wir das Monster besiegen und deine Großmutter retten können? Ich kann deine Magie fühlen. Sie lauert hinter einer Mauer. Lass sie mich zum Einsturz bringen."

Ich wusste, was er vorhatte. „Ich werde nicht erlauben, dass du mich an dich siegelst."

Er musterte mich. „Was weißt du denn über das Siegeln?"

Ich zog mich von ihm zurück und stand von der Couch auf. „Es ist eine magische Verbindung, bei der Kontrolle über die Person erlangt wird, die gesiegelt wird. Deine Absichten sind mir egal, aber ich bin niemandes Ergebene oder magisches Sexspielzeug."

Er lehnte sich gegen die Couch. Ein Mundwinkel zuckte. „Ergebene? Magisches Sexspielzeug? Wirklich? Was für Geschichten erzählt ihr euch sonst noch über uns? Denkst du, wir sind wie der Devourer?" Er schüttelte den Kopf. „Das Siegeln erschafft eine einzigartige Verbindung zwischen zwei Personen. Und ja, es gibt Momente, in denen ein Partner mehr Kontrolle hat als der andere. Die Menschen bringen es auf den Punkt: Es ist keine Einbahnstraße und muss auch nicht von Dauer sein."

Ich setzte mich gegenüber von ihm auf einen Stuhl. Viel besser. Weit weg von ihm und seinen Berührungen. Ich schloss die Augen und rümpfte meine Nase. Großmutter hatte die Besten der Besten in den Kampf gegen den Devourer geschickt, in der Hoffnung, dass es niemals zu einer Heirat mit einem Drachen kommen würde. Wie oft hatte ich die Geschichte ihrer Flucht mit mir erzählt bekommen? Sie war sich sicher gewesen, dass wir gestorben wären, wenn auf ihren verzweifelten Hilferuf nicht ein unerwarteter Verbündeter reagiert hätte.

Warum hatte ich sie nie nach der Abmachung mit dem Drachen gefragt? Was hatte sie ihm im Austausch für sicheres Geleit in die Vereinigten Staaten angeboten?

Dumm, dumm. Ich bin so dumm.

Ich öffnete meine Augen. Hunter saß noch immer auf der Couch, die Arme ausgestreckt auf der Lehne, und betrachtete mich aufmerksam. Die Shen und die Drachen hatten seit ihrer ersten Begegnung eine zerrüttete Beziehung. Die traurige Wahrheit: Die Shen wussten genauso wenig über Drachen, wie die Menschen über die wahre Natur der Shen.

Das schloss das Wissen über das Drachensiegeln mit ein.

Ich atmete tief ein. „Du kannst nicht erwarten, dass ich zustimme, bevor du mir nicht im Detail erklärst, was Siegeln bedeutet."

Sein Lächeln blieb bestehen. „Dadurch wäre es mir möglich, deine Magie zu nutzen. Im Gegenzug hast du Zugriff auf meine Kräfte."

Ich sprang auf, lief auf und ab und bedeckte mit den Händen mein Gesicht. Wollte meine Großmutter mir damit die Chance geben, meine wahre Shen zu finden? Sollte ich auf diese Weise den Zugang auf eine vollkommen neue Art der Magie erhalten?

Ich drehte mich zu ihm und sagte: „Da du ehrlich mit mir warst, möchte ich auch ehrlich mit dir sein: Ich will, dass du mich an dich bindest, weil ich deine Kräfte brauche, um den Devourer zu zerstören."

„Meine *Kräfte?*" Er entließ ein harsches Lachen. „Deine Vermutungen sind so falsch."

„Du kennst doch deine eigene Geschichte, oder nicht? Der Devourer hat deine Welt zerstört, deine Zivilisation ausgerottet, deine Armeen vernichtet. Wie willst du dieses Monster töten, wenn es dafür gesorgt hat, dass Drachen zu Flüchtlingen wurden?"

Er betrachtete mich grimmig und mit unterdrückter Wut. Sein Ausdruck erinnerte mich an ein Raubtier, dessen Beute davongekommen war. „Der Devourer auf der Erde ist noch nicht komplett. Er ist nur ein Fragment seiner selbst. Die Reise in diese Welt hat ihn geschwächt. Von seinen Meistern getrennt, an einem Ort und in einer Zeit, die fremd für ihn sind. Im Gegenzug sehe ich die Erde als meine Heimat an und ich habe vor, mein Territorium vor einer Gefahr zu beschützen, bevor *diese* zu ihrer vollen Stärke findet."

Da war er – der bekannte territoriale Instinkt eines Drachen.

Augenblick. Noch nicht komplett? Zu voller Stärke finden? „Willst du damit sagen, dass es mehr als einen Devourer gibt?"

Er blinzelte. „Ja und nein. Er stellt Kopien seiner selbst her und verändert diese für seine Zwecke. Es ist möglich, Stücke des Devourers zu töten. In den letzten Jahren haben wir das immer wieder tun müssen."

Seine Worte deuteten etwas an, das ich niemals für möglich gehalten hatte. „Willst du mir damit sagen, dass du dich gegen den Devourer gestellt und gewonnen hast?"

„Gegen Stücke von ihm."

Also war es möglich. Ich versuchte, das aufkeimende Glücksgefühl im Zaum zu halten. „Warum brauchst du mich dann? Das verstehe ich nicht."

„Weil wir uns bald gegen die Mother of Teeth stellen müssen – der größte und älteste Teil des Devourers. Der Teil, der meinem Volk vor vielen Jahren durch das Tor gefolgt ist."

Derselbe Teil, der den Drachen gefolgt war, hatte auch meine Eltern und viele Shen umgebracht.

Ich schnappte mir ein orangefarbenes Kissen von der Couch, legte es auf meinen

Bauch und wickelte die Arme darum. „Du hast meine Frage noch nicht beantwortet“, sagte ich.

„Weil der Devourer von seinen Kämpfen und seinen Gegnern lernt. Allerdings hatte es der Devourer noch nie gleichzeitig mit einem Drachen und der Magie einer Shen zu tun. Wir haben es immer getrennt versucht. Ich bin der Meinung, dass wir eine Zusammenarbeit wagen sollten.“

Ich schüttelte den Kopf. „Das ist doch Selbstmord.“

„Vielleicht“, sagte er und wandte den Blick in die Ferne.

Er hatte es immer gewusst. Er musste sich schon vor langer Zeit mit dieser Wahrheit auseinandergesetzt haben – lange, bevor wir uns über den Weg gelaufen waren.

Als Kind war ich einer entfernten Tante begegnet, die dafür bekannt war, junge, attraktive Krieger zu stehlen und sie mit einem Zauber zu belegen, bis sich all ihr Wissen in Staub aufgelöst hatte. Bei der Frage, warum sie so etwas tat, hatte sie gemeint: „Um sie davon abzuhalten, sich in einen sinnlosen Tod zu stürzen.“

Erst jetzt verstand ich, was mir Großtante Titania damit sagen wollte.

Seine Hand schloss sich erneut um meine. Sengende Hitze durchströmte meinen Körper, wodurch ich gezwungen wurde, meine Augen zu öffnen.

Magische Flammen umgaben uns. Eine

merkwürdige Wärme bildete sich in meinem Inneren. Eine Wärme, die sich mit Begierde paarte. Ich erkannte rasch, dass sich dieser Begierde etwas beigemischt hatte … etwas, das ich in meinem Leben schmerzlich vermisst hatte.

Seine Finger spannten sich an. „Du bist Magie, und selbst wenn du nicht weißt, wie du sie anwenden musst; ich weiß es."

Ich blinzelte.

„Hilf mir, Sophie. Ich würde dich beschützen. Ich würde dich als gleichberechtigte Partnerin behandeln."

Du hast das Potential in deinem Blut.

Ich entriss ihm meine Hand. Die Flammen um uns herum erloschen. Das Feuer, die Hitze in meinem Inneren, war verschwunden, als hätte es nie existiert. Stattdessen machten sich vertraute Gefühle in mir breit: Wut und Selbsthass.

„Du meintest, dass Siegeln nichts mit Sklaverei gemein hat. Dann sag mir, was genau es ist und warum ich dir glauben sollte."

Mein Blick fiel auf ein gerahmtes Bild an der Wand, das ich als Kind für meine Großmutter gemalt hatte.

Ich hörte seine Stimme nah an meinem Ohr. „Es handelt sich um eine Verbindung des magischen Zugangs." Mehr sagte er nicht.

„Ist das alles? Mehr hast du dazu nicht zu sagen?"

„Es ist bei jedem Paar anders. Kein Siegeln

gleicht dem anderen, genauso wenig wie zwei Menschen sich ähneln können. Hilf mir. Dann haben wir vielleicht eine reelle Chance, deiner Großmutter zu helfen."

Wie egoistisch war ich eigentlich? Was für eine Art Shen war ich? Er bot mir die Möglichkeit an, ein Monster auszulöschen, das meine gesamte Familie auf dem Gewissen hatte. Und was tat ich? Ich zögerte!

„Denkst du wirklich, dass meine Großmutter noch leben könnte?"

„Ihre Schutzzauber funktionieren noch, also ja: Ich denke, die Möglichkeit besteht."

„Sie hat diesen Ort mit dem Hintergedanken entworfen, dass er jeder magischen Attacke standhält – auch nach ihrem Tod."

„Der Devourer hat Jahre damit verbracht, Kreaturen zu entwickeln, die sich Zugang zu diesem Ort verschaffen können. Sogar jetzt liegt er auf der Lauer und beobachtet."

Auf diese Weise gelang es dem Devourer, jedes Mal zu bekommen, was er wollte. Wenn seine Taktik versagte, plante er und wartete ab, studierte und entwarf Gebilde, um an Hindernissen vorbeizukommen.

„Denkst du wirklich, dass du den Devourer töten kannst?"

Er lehnte sich auf der Couch zurück und breitete die Arme auf der Lehne aus. Die Couch war nicht klein, aber Hunter ließ diese Wirkung aufkommen. „Das habe ich bereits zuvor geschafft. Auch wenn dieses Bruchstück extrem konzentriert ist, wird sich der Devourer an den vereinten Kräften der Drachen und der Shen die Zähne ausbeißen. Da bin ich mir sicher."

Hier saß ein Mann, ein Drache, dem es gelungen war, was ich für unmöglich gehalten hatte.

Es gab nur eine Sache, die ich erwidern konnte. Bevor ich aber zustimmte, musste ich verhandeln.

„Warum musst du mit mir verheiratet sein, um Zugang zu meiner Magie zu bekommen? Vielleicht funktioniert es auch mit Sex. Ohne, dass wir heiraten?" Als ich die Worte aussprach, fühlte ich, wie sich mein Gesicht rot färbte.

Hunters Ausdruck wirkte evaluierend und ansonsten unlesbar. „Bietest du dich mir an? Ohne die Verbindung der Ehe mit mir einzugehen?"

„Verbindung der Ehe", wiederholte ich höhnisch. „Aus welchem Jahrhundert kommst du eigentlich? Hatten wir nicht erst gestern fast Sex?" Oder vor einer halben Ewigkeit, denn so fühlte es sich an.

Er verengte die Augen. „Das ist nicht das Gleiche, und das weißt du. Was du mir anbietest, ist mit der Ehe oder dem Siegeln nicht vergleichbar."

Ich verschränkte die Arme. „Ich schätze meine Freiheit."

Er stand auf, durchquerte den Raum und fiel dann in meinen persönlichen Bereich ein. „Die

Ehe hat nichts mit Sklaverei zu tun – genauso wenig wie das beim Siegeln der Fall ist."

Er war mir so nah. Viel zu nah. Und er roch so gut. Ich trat einen Schritt zurück. Meine Arme hatte ich noch immer entschlossen vor meiner Brust verschränkt. „Alles, in das du ohne eine Einwilligung gezwungen wirst, ist Sklaverei. Willst du nicht mehr von einer Ehe als Sex, die mit ungeahnten Mächten einhergeht? Sehnst du dich nicht nach einer Partnerschaft? Willst du die andere Person nicht zuerst kennenlernen und alles über sie erfahren? Sehnst du dich nicht auch danach, eine Wahl zu haben?"

Wieder betrachtete er mich mit seinem ausdruckslosen Gesicht. Diesen Ausdruck konnte nur jemand haben, der befürchtete, den Kampf gegen ein schreckliches Monster zu verlieren.

„Was wäre, wenn du jetzt die Wahl hättest, Sophie?"

Eine Lüge konnte nur dann glaubhaft erscheinen, wenn man in ihr aufging. Man musste die Lüge selbst glauben. Und wenn es um Männer ging, musste man sie ablenken. *Nutze deinen Körper,* hatte meine Großmutter immer gesagt. Ich löste die Arme aus meiner verkrampften Haltung und streckte eine Hand nach ihm aus. Mit einer Fingerspitze zeichnete ich eine Vene nach, die an seinem Unterarm entsprang und bis zu seinem mächtigen Oberarm reichte. „Ich will meine Großmutter retten. Was ich nicht will, ist, dich zu heiraten, Hunter. Wenn du Sex brauchst, den kann ich dir anbieten."

Seine Hand lag auf meinem Rücken. Er zog mich an sich und ich konnte seine harte Länge an meinem Bauch spüren.

„Ich akzeptiere." Sein Mund landete auf meinem.

Feuer loderte in mir und wies mich an, mich an ihn zu pressen, ihn zu wollen. Die leidenschaftliche Flamme entfachte das Bedürfnis, von ihm berührt zu werden. Doch nicht nur Begierde oder reine Lust kam auf: Etwas erwachte in mir, das mein ganzes Leben in mir geschlummert haben musste. Ich krallte mich an ihm fest und versuchte, nicht zu verbrennen. Ich versuchte, meinen Kopf aus dem Inferno von Empfindungen herauszuziehen, das um mich herum wütete.

Hunters Stimme war tief und heiß an meinem Hals zu hören. „Ich halte meine Versprechen, Sophie. Ich habe meine Absichten dir gegenüber deutlich gemacht."

Eine Erinnerung kam in meine Gedanken: Beim letzten Mal hatte er mich bereits kosten wollen. Das ließ mich Erschauern. Ein tiefes Lachen entrang Hunter. Er schob eine Hand unter mein T-Shirt. Meine Stimme zitterte bei meiner Frage: „Siegeln muss nicht permanent sein, oder?"

Er öffnete meinen BH. „Nicht, wenn du das nicht willst", hauchte er gegen meinen Hals. Am liebsten würde ich auf seine Berührungen schnurrend reagieren. Ich hasste, wie sehr seine Stimme mich beeinflusste. Ich reagierte auf ihn, als hätte er mich bereits gesiegelt. Er küsste mich und ich schmolz dahin. Wie lange kannte ich ihn jetzt? Hatte ich ihn wirklich erst gestern kennengelernt? Die einzige Sache, der ich mir sicher war: Ich wollte ihn – mit jeder Zelle meines Körpers. „Ich weiß schon jetzt, dass einmal mit dir nicht genug sein wird“, sagte er.

Meine Begierde nach ihm berauschte mich. Eine Hand wanderte zu meiner Vorderseite und packte meine Brust. Mit dem Daumen rieb er über meinen Nippel. Ein Funke schoss zu meiner Mitte und ich fühlte, dass ich feucht wurde.

Ich entriss ihm meine Lippen. Meine Finger erkundeten die muskulöse Landschaft seines Oberkörpers. „Du musst mich nicht verzaubern, um mit mir Sex zu haben.“ Meine Stimme war nicht wiederzuerkennen – ein heiseres Hauchen, das nur er wahrnehmen konnte.

„Ich nutze keine Magie, um deine Einwilligung zu bekommen.“ Sein Zeigefinger hob mein Kinn an. Das Feuer loderte in seinen Augen. Auch erkannte ich in seinen Tiefen, dass er die Wahrheit sprach. „Das würde ich niemals tun.“

Ich wandte den Blick ab. Ich schaffte es nicht länger, dem Ausdruck in seinen Augen standzuhalten.

Mit den Fingerspitzen tanzte ich über das pinke Handtuch um seine Hüften. Seine Hand schloss sich um mein Handgelenk. „Warte", sagte er. „Noch nicht."

Ich musste einen Vorteil aus dieser Situation ziehen, bevor ich vollends meinen Verstand verlor. Ich wollte ihn necken, betören und auf diese Weise die Kontrolle wieder an mich reißen. „Oh, richtig", sagte ich und zwang ein Lächeln auf mein Gesicht. „Ich habe dich nicht nach *deiner* Einwilligung gefragt."

Er entledigte sich des Handtuchs, warf es auf den Boden und entblößte den riesigen und wirklich beeindruckenden Inhalt. Ohne, dass ich es verhindern konnte, zog sich mein Geschlecht bei diesem Anblick zusammen. Sofort stellte ich mir vor, wie er sich in mir anfühlen würde. Ich erschauerte.

„Oh", sagte ich.

Im gleichen Atemzug zog er mich an seine Brust und nahm wieder meine Lippen in Beschlag. Ich öffnete mich für ihn. Seine Hände waren damit beschäftigt, mir die Yogahose und mein Höschen vom Körper zu reißen. Dann legte er seine Hand zwischen meine Schenkel, umfasste mein Geschlecht und ließ einen Finger zwischen meine Spalte gleiten. Ich stöhnte bei der Berührung, die zwar nah, aber noch nicht nah genug war. Ich kämpfte gegen den Drang, meine Hüfte zu rotieren und mich an seiner Hand zu reiben. „Dieses Mal werde ich dich nicht gehen lassen", murmelte er. „Nicht, wenn du so feucht bist. Sophie, ich bin so hart für dich und du bist so bereit, dass ich dich hier und jetzt ficken könnte.“

Seine Worte lösten eine Welle reiner Begierde aus. „Dann tue es“, sagte ich. „Fick mich, Hunter.“

Seine Finger rieben über meine Klitoris und ich konnte das Lächeln in seiner Antwort hören: „Nein.“

Ich streckte die Hände nach seinem Schwanz aus und umfasste ihn. Jeder einzelne von Hunters Muskeln spannte sich an. Ich bekam den Eindruck, dass er sich mit aller Kraft zurückhielt. „Was?“

Seine Finger umkreisten meinen feuchten Eingang. „Oh, auf jeden Fall plane ich, schon bald in dich einzudringen.“ Er schob zwei Finger in mich. „Aber noch nicht.“

Bei der intimen Invasion schnappte ich nach Luft. Sein Daumen auf meiner Klitoris schien das Ziel zu haben, mir auf ewig den Atem zu rauben.

Ich legte die Arme um seinen Nacken, während jede Bewegung heiße Begierde durch mein Inneres jagte. So passierte es: Mein Körper erstarrte und bebte unkontrolliert.

Oh, mein Gott! Hatte er mich gerade mit ein paar Berührungen seiner Finger zu einem Höhepunkt getrieben? Finger, die immer noch in mir waren? Finger, um die sich die Wände meines Geschlechts immer noch zusammenzogen.

„Hör auf! Es ist nicht fair, dass du deine Magie einsetzt", keuchte ich.

„Ich benutze keine Magie", sagte er in einem selbstzufriedenen Tonfall. Mit der freien Hand packte er meine rechte Brust und zwickte meinen Nippel. „Du bist einfach nur verdammt heiß für mich."

Begierde schoss von meiner Brust zu meiner Mitte und ich entließ ein animalisches Stöhnen. Seine Finger in mir spreizten sich, während sein Daumen unaufhörlich über das Nervenbündel zwischen meinen Schenkeln rieb. Es dauerte nicht lange, bis ich erneut kam.

„Hast du vor, mich die ganze Nacht zu fingern? Macht dich das scharf?"

„Dich um meine Finger zu spüren, wenn du kommst?" Ein glückliches Grinsen breitete sich auf seinem Gesicht aus. „Oh ja, das macht mich mehr als scharf."

Seine andere Hand umfasste seinen Schwanz. Ich streckte die Hand erneut aus, doch er erlaubte mir nicht, ihn zu berühren. „Nein, Sophie, noch nicht."

„Der große, böse Drachen wird doch wohl keine Angst davor haben, wenn ich ihm einen runterhole, oder?"

„Verspotte mich nur. Trotzdem wirst du mir das nicht verwehren."

Er beließ seinen Finger in mir und legte sich auf die Couch, bevor er mich auf sein Gesicht hob. Er war so stark. Diese Erkenntnis, zusammen mit dem sinnlichen Gefühl seiner

Zunge, die über meine Klitoris schnellte, verwandelte meine Muskeln zu Wackelpudding. „Hunter!“ Meine Stimme kam in einem gehauchten Flehen über meine Lippen.

Er ließ nicht nach. Eine seiner Hände wanderte zu meinem Hintern und hielt mich an Ort und Stelle. Ich zog an seinen dicken, dunklen Haaren und er lachte an meinem Geschlecht.

Ich stöhnte seinen Namen, als sein Mund meinen Verstand vollends auslöschte.

Erst nachdem ich erneut gekommen war, ließ Hunter etwas nach. Er senkte mich auf seinen Schoß. Rittlings saß ich auf ihm, während sein Schwanz zwischen meine Schamlippen glitt und gegen meine Klitoris stieß. Zu behaupten, dass er groß war, wäre eine klare Untertreibung.

Ich genoss es, seinen Schwanz an meinem Geschlecht zu spüren – eine Empfindung, die mir bisher unbekannt gewesen war. Mit meinen menschlichen Sexpartnern hatte ich stets auf sicheren Sex bestehen müssen. Vor allem, um Fragen zu vermeiden, die ich nicht beantworten wollte. Shen konnten keine Geschlechtskrankheiten bekommen. Auch konnten wir niemanden anstecken. Und schwanger konnte eine Shen nur werden, wenn sie es wollte.

Seinen nackten Schaft an meinem Geschlecht zu spüren, war das Heißeste, was ich jemals erlebt hatte.

Wenn ich mir Hunters Ausdruck so ansah, wusste er genau, was mir durch den Kopf ging.

„Du hattest bisher nur mit Menschen Sex, richtig?"

„Es war sicherer."

„Sicherer, das stimmt. Menschen haben ihre Reize. Aber du bist eine Shen. Und ich bin ein Drachen."

Etwas machte sich in mir bemerkbar. Eine ungeahnte Verzweiflung. Ich würde ihn enttäuschen. Es wäre besser, ihn sofort aufzuklären. „Ich weiß nicht, was du erwartest. Ich muss dich doch nicht daran erinnern, dass ich genauso viel Magie in mir habe wie ein gewöhnlicher Mensch."

„Nein, ich erinnere mich. Wir werden sehen, was passiert, meinst du nicht?"

„Ich werde dich enttäuschen –" Ich keuchte, als eine plötzliche Empfindung wie ein Funken über meine Haut strich – mit einer Inbrunst, die die Begierde in mir zum Ausdruck brachte.

„Ich benutze keine Magie, um mir die Einwilligung einer Frau zu erschleichen", sagte er. „Ich benutze Magie, wie sie benutzt werden sollte."

Funken sprühten und tanzten über meine Haut. Seine Magie neckte und verlockte mich, berührte mich an Stellen, von denen ich zuvor nichts geahnt hatte. Ich rutschte auf ihm herum und der Druck stieg.

„Bitte, Hunter", schrie ich. Ich sehnte mich

so sehr nach etwas, von dem ich bis eben keine Ahnung hatte, dass es möglich war.

Er verweilte mit seinem Schwanz an meinem Eingang, schob eine Hand unter meinen Hintern und erhob sich von der Couch. Ich versuchte, mehr von ihm aufzunehmen, doch ich hatte keine Chance. Er hielt mich in einem festen Griff, mit Leichtigkeit behielt er die Kontrolle und grinste mich dabei frech an.

„Was soll das werden?"

„Ich stelle sicher, dass ich die Hütte nicht in Brand setze."

Er trug mich in den Flur, wo er die Tür zum Badezimmer auftrat.

In der Duschkabine stellte er mich ab und drehte das Wasser an.

Ich quietschte, als mich das kalte Wasser traf.

Eine Sekunde später lag sein Mund auf meinen Lippen und sein Körper presste sich gegen meinen, sein Feuer auf mir. Dieser Gegensatz zwischen kalt und warm machte mich verrückt vor Lust. Ich brauchte ihn. Ich brauchte seine Magie. Was ich jedoch mehr als alles andere brauchte, war sein Schwanz in mir. Ich wollte ihn endlich in mir spüren.

„Sophie." Seine Stimme klang hart und heiser, mit einem Akzent, der Macht versprach. „Sieh mich an."

Ich wickelte meine Beine um seine Hüfte und fand seinen Blick.

Mit einem harten und brutalen Stoß drang

Hunter mit seinem Schwanz, seiner Hitze, seinem Feuer, in mich ein.

Wellen purer Macht trafen auf mich und unmenschliche Begierde überwältigte mich. Ich krallte mich an ihm fest, als er mich mit seinem Schaft dehnte und schneller und schneller in mich stieß – so hart, wie ich es niemals für möglich gehalten hätte.

Und ich hieß ihn willkommen.

Ich pulsierte um ihn herum. Bei jeder Bewegung von ihm zuckte mein Geschlecht um seine Länge, als würde mein Körper klare Zeichen setzen, dass er mehr brauchte.

Gegen die Wand lehnend, aufgespießt von seinem Schwanz, zischte um uns herum das Wasser. Wasserdampf stieg auf, umhüllte uns in einem Kokon aus Macht. Mit jedem Stoß breitete sich seine Magie in mir aus. Sie umgab mich und lockte meine jungfräuliche Magie aus ihrem Versteck.

Er war wild und unerbittlich. Er war heiß und ich fühlte mich unbeschreiblich voll. Dann zog er das Tempo seiner Stöße an.

Plötzlich spürte ich einen Druck, der mich einengte, mich umhüllte und die Form, die mich mein ganzes Leben bestimmt hatte, fühlte sich mit einem Mal zu klein an. Alles, was ich mir wünschte, war Freiheit. Oder nicht? Macht drang in mich ein. Sie war nicht aufzuhalten und fühlte sich unermesslich und köstlich an.

Ich schwelgte in seiner ansteigenden Ekstase und seinen einhergehenden, unmenschlichen

Lauten. Meine Beine waren gespreizt und um seinen Körper gewickelt. Meine Fersen stemmten sich in seinen Hintern. Ich versuchte alles, um seinen Stößen entgegenzukommen. „Bitte, Hunter. Bitte." Mein Stolz war vergessen. Ich bettelte, denn bewegte er sich nicht bald schneller, würde ich in Flammen aufgehen.

Sein Feuer breitete sich aus, bis ich vollkommen davon eingenommen wurde. Um uns herum zischte das Wasser und heißer Dampf umgab uns. Hunter war in mir, um mich herum, ein Teil meines Seins und auf eine magische Weise präsent, die ich so bisher nicht gekannt hatte.

Zu meiner Überraschung fühlte es sich schockierend richtig an.

„Du gehörst mir", knurrte er an meinem Ohr.

Ich erkannte die Worte – Worte des Siegelns. Ich wusste nicht, was ich darauf antworten sollte. Ich entschied mich für eine Zeile aus einer Drachengeschichte, die mir aus meiner Kindheit in Erinnerung geblieben war. „Mein Feuer gehört dir", sagte ich. Die Worte glitten mit dem schweren Gewicht der Magie über meine Lippen.

Mit einem siegreichen Lächeln betrachtete er mich. Ein Lächeln, an das ich mich für den Rest meines Lebens erinnern würde, was auch immer von nun an passierte.

Er presste mich mit seinem riesigen Körper gegen die Duschwand und fixierte mich.

Dann fickte er mich so furchtbar langsam, dass ich dem Wahnsinn nahe war. Als er sich das nächste Mal aus mir zurückzog, drang er so tief und gewaltsam in mich ein, dass das Feuer um uns herum wütete und so heiß brannte, dass ich schreien musste. Meine Klitoris pulsierte und kribbelte. Oh ja!

Ich explodierte. Ich wurde von dem magischen Feuersturm erfasst, der durch meinen Körper jagte. Ich schrie, bis ich keine Stimme mehr hatte. Die Seligkeit brannte wunderschön, unaufhaltbar und gehörte uns allein.

Wir waren Macht. Wir waren Feuer. Wir waren Magie.

Wir waren Eins.

KAPITEL 8

ICH AKZEPTIERTE EIN REGENBOGENFARBENES Handtuch von Hunter und sagte: „Bei den Göttern, Hunter."

„Götter existieren nicht", erwiderte er, womit er eine bekannte Vorfahrin von mir zitierte und mit dem Wissen über meine Familie protzte. „Nur Shen." Sein unmaskierter Drachenblick teilte mir mit, dass er noch lange nicht mit mir fertig war.

Etwas in mir bebte in heißer Vorfreude.

Als ich das Handtuch um meinen Körper wickelte, hörte ich ein Knacken in der Hütte. Eigentlich fühlte ich es eher, denn wahre Magie war nicht von den Sinnesorganen wahrnehmbar.

Die Schutzzauber meiner Großmutter leuchteten auf.

Oh nein.

Die magischen Worte verblassten zu nichts.

Kleiner Fuchs, ich bin stolz auf dich.

Dann war sie weg.

Nein, nein, nein.

Ich wischte mit dem Handrücken über meine Wangen, atmete tief ein und musste erkennen, dass ich weinte.

Warum weinte ich? Ich war mir nicht mal sicher, ob ich gerade wirklich meine Großmutter oder nur ein eingebildetes Echo gehört hatte.

Hunter sah mich mit einem merkwürdigen Ausdruck an.

„Deine Magie." Er fing an zu lachen. Seine nächsten Worte kamen in einem Ton über seine Lippen, den ich nicht erklären konnte: „Du bist eine Justice."

„Eine was?" Ich sprach und hörte zu, doch ich konnte nur eine Sache denken: Es bestand die Möglichkeit, dass meine Großmutter nicht mehr am Leben war.

Ein Laut trat an meine Ohren. Es hörte sich wie ein Stein an, der in zwei Hälften zerbrach. Ich sah mich um und konnte die Quelle des Geräusches nicht ausfindig machen.

„Mir war nicht bewusst, dass die Erde über Justices verfügt."

Ich war vollkommen am Ende. Ich wischte erneut über meine Wangen und atmete tief ein, bevor ich genervt fragte: „Was zum Teufel ist ein Justice?" Das Knacken wollte nicht aufhören. Auch Hunter drehte sich um und suchte nach dem merkwürdigen Geräusch.

„In den Geschichten über meine Ursprungswelt wird immer wieder von Justices erzählt. Sehr selten, sehr gefürchtet."

Hunter erstarrte und ich folgte seinem Blick zur Nordwand der Hütte. Vor unseren Augen schlängelten sich Risse durch die weiße Wand nach oben zur Decke.

„Das beantwortet nicht meine Frage", sagte ich, ohne den Blick von der Wand zu nehmen.

„Wo sie wandeln, erkranken Menschen, die Milch wird schlecht und gute Arbeit zerfällt zu Staub", murmelte er ein Zitat, das mir nichts sagte. „Drachen haben Justices bis zur Vernichtung gejagt."

Das Knacken in der Wand stoppte.

Das hätte nicht passieren dürfen. Ich hatte einen Fehler gemacht. Ich ging auf Abstand von Hunter und hob meine Kleidung vom Boden auf. „Was redest du da?"

„Justices löschen Magie aus. In den alten Geschichten stellten sie das Gleichgewicht wieder her. Sie waren dafür zuständig, den Pre-Magie-Status zu erneuern – zurück zur Gerechtigkeit, nannten sie es."

Ich zog mir meinen BH und mein T-Shirt an. „Warum haben die Drachen damit angefangen, sie zu jagen?"

„Mit der Zeit haben sich Drachen immer mehr auf Magie verlassen. Alles wurde damit errichtet: Städte, Raumschiffe und Krankenhäuser. Königreiche haben Justices als Waffe eingesetzt. Historiker sagen, dass Justices das Ende des goldenen Zeitalters eingeläutet haben. Aus diesem Grund wurde ihre Existenz als zu gefährlich eingestuft."

Ich trat einen weiteren Schritt zurück. Todesangst biss sich gleich kalter Zähne in meine Haut.

Er bemerkte, dass ich von ihm auf Abstand ging. „Ich habe sie nicht gejagt, Sophie. Das war lange vor meiner Zeit."

Ich schüttelte den Kopf. „Nein. Das kann einfach nicht sein. Ich bin vielleicht nicht dazu in der Lage, aus dem Potential meiner eigenen Magie zu schöpfen, aber ich benutze doch die Zauber und die verzauberten Gegenstände meiner Großmutter."

„Du meintest doch selbst, dass du dazu keine Magie bräuchtest."

Ich sah auf meine Hände. „Wenn ich eine Art Magieradierer bin, warum bist du dann nicht bereits tot?"

Er verengte die Augen. „Drachenfeuer zählt nicht zu der Art von Magie, für du sie hältst."

„Warte. Hast du nicht vor, mich als Magiebatterie zu benutzen?"

„Shen-Kräfte sind anders. Siegeln konvertiert die Kräfte zu einer Form, die ich benutzen kann."

Ich hatte nicht die Kräfte, von denen er ausgegangen war.

Ich war vollkommen nutzlos für ihn.

Ich drehte mich weg, damit er nicht meinen Gesichtsausdruck sah. Ich wühlte in meiner Tasche herum, fand eine Jeans und versuchte, meine Hormone unter Kontrolle zu bekommen. Ich zog die Jeans an und schluckte schwer. Ich hatte einen bitteren Geschmack in meinem Mund. Ich seufzte und entschied, mich auf das eigentliche Problem zu konzentrieren.

Wie hatte meine eigene Großmutter übersehen können, was ich war?

Das hätte sie nicht.

Ich berührte ihr Siegel auf meiner Schulter und konnte das Kribbeln nicht länger spüren.

„Das Siegel deiner Großmutter. Es hat deine Kräfte blockiert und dafür gesorgt, dass ihre Zauber nicht unterbrochen wurden."

Er hob etwas vom Boden auf und reichte es mir.

Ich starrte auf den schwarzen Schirm in meiner Hand und musste erkennen, dass sich etwas Fundamentales verändert hatte.

Ich holte mit dem Schirm aus.

Der Schirm behielt seine Form.

Oh nein.

Ich lief zur Couch und öffnete die Kiste. Das Schwert war noch da.

Hunters Stimme trat an meine Ohren. Er stand direkt hinter mir. „Ich hatte keine Ahnung, dass das Schwert noch existiert."

Ich zeigte auf die Waffe. „Heb es hoch und sag mir, ob du Magie fühlst."

Er sah mich an, als hätte ich den Vorschlag gemacht, einen Skorpion aufzuheben.

„Es wird dich nicht beißen, Hunter."

„Nach dem, was ich darüber gehört habe, würde mich das nicht überraschen."

Er nahm das Schwert und studierte es für einen Moment. „Es fühlt sich wie ein gewöhnliches Schwert ohne magische Komponente an."

Meine Schultern sackten. Anscheinend hatte ich gerade die Magie von einem der letzten mächtigen Shen-Waffen ausgelöscht. Wundervoll. Ich nahm das Schwert, das sich anfühlte, wie es sich für mich schon immer angefühlt hatte: wie ein gewöhnliches Schwert.

„Ich kann deine Magie identifizieren, aber ich habe keine Ahnung, wie die Magie von Justices oder von Shen funktioniert", sagte er. „Es ist möglich, dass Magie immer noch vorhanden ist."

Ich nahm ihm das Schwert ab, ging auf Abstand von ihm und hob den Deckel einer Sitzbank. Meine Großmutter hatte eine spezielle Vorliebe für Sitzmöglichkeiten. Ich entnahm ein Lederholster mit mehreren Messern und legte es mir über mein T-Shirt an. „Wenn ich, wie du sagst, eine Justice bin, dann nehme ich an, dass ich dir nicht länger behilflich sein kann."

Ich sah den Moment, in dem er realisierte, was ich ihm zu vermitteln suchte. Ich sprach schnell, um die Sache hinter mich zu bringen, während ich mich damit beschäftigte, das

Schulterholster um meinen Oberkörper zu befestigen. „Wenn ich nicht deine magische Batterie sein kann, gibt es keinen Grund für eine Verlobung. Und keinen Grund für deine Anwesenheit in dieser Hütte."

Seine Hand fühlte sich warm auf meiner Schulter an. „Sophie, du bist in Gefahr. Ich werde dich nicht allein zurücklassen."

Ich wusste, dass ich seine Berührung abschütteln sollte. Leider konnte ich mich nicht dazu aufraffen, auch konnte ich ihn nicht ansehen. Ich wollte nicht, dass er meinen inneren Aufruhr in meinen Augen sah. Ich zwang mich, meine Stimme mit Herablassung zu unterlegen. „Sei nicht dumm. Wenn du dich dem Devourer stellen willst, wirst du magische Objekte brauchen. In dem Fall kannst du es nicht riskieren, mich an deiner Seite zu haben."

Der Boden wackelte und knackte unter mir. Ich verlor das Gleichgewicht. Sofort wickelte Hunter die Arme um mich und presste meinen Rücken gegen seine Brust.

Wolfsähnliches Heulen war von draußen zu hören.

„Die Monster des Devourers. Sie sind zurück", gab Hunter bekannt.

„Sie werden die Grenze nicht überschreiten können."

Seine Arme festigten sich um meine Taille. Seine Worte waren ungewöhnlich sanft: „Sophie, du hast die Zauber deiner Großmutter durchbrochen."

Etwas krachte durchs Fenster.

Mit einer Geschwindigkeit, die mich an Shen-Kräfte erinnerte, rannte Hunter zu dem Gegenstand und warf es wieder raus.

Licht und Feuer folgte und das Fenster explodierte.

Ich hob die Hände beschützend vor mein Gesicht. Keine gute Situation. Schließlich hatten wir keine Schutzzauber mehr. Ich blickte auf den Boden. Überall lagen Glasscherben. Bei dem Chaos würde meine Großmutter einen Anfall bekommen.

Ich legte meinen Arm auf Hunters. „Kannst du die Schutzzauber reparieren?"

„Nein. Shen-Magie ist anders."

Fuck. Zum millionsten Mal verfluchte ich, dass ich keine Shen-Magie hatte.

Es folgte ein weiteres lautes Knacken. Dann fiel etwas herunter.

Hunter zog mich augenblicklich zur Seite. Ich warf einen Blick über meine Schulter. Ein Deckenbalken war an der Stelle gelandet, wo ich eben noch gestanden hatte.

Seine Arme gaben nicht nach. „Wir müssen hier raus."

„Nein." Ich versuchte, mich aus seiner Umklammerung zu lösen. „Lass mich los!" Tränen füllten meine Augen. Dieser Ort war alles, was ich noch von meiner Großmutter hatte – alles, was mir noch von meiner Familie blieb. Ich konnte diese Hütte nicht verlassen.

Ein Geräusch auf dem Dach ließ mich innehalten.

Hunter warf mich auf den Boden. Urplötzlich verwandelte er sich in einen riesigen schwarzen Drachen. Über mir spreizte er die Flügel und beschützte mich von Holzbalken und grünem Feuer, das auf uns niederrieselte. Eine kalte Brise wehte zwischen uns.

Ich hatte den Himmel vor mir.

Das Dach war weg.

Um die Hütte herum wütete grünes Feuer.

Der schwarze Drache – Hunter – entließ ein rasselndes Geräusch, wobei er sein massives Maul öffnete und Zähne offenbarte, die länger als meine Arme waren. Instinktiv erstarrte ich aus Angst. Ich war mir hundertprozentig sicher, dass ich gleich als Mahlzeit enden würde.

Feuer brach aus dem Maul des Drachen, gerichtet gen Himmel. Er traf etwas, was ein schmerzverzerrtes Heulen bewies.

Im nächsten Moment wickelten sich riesige Klauen um meinen Körper und der Drache sprang in die Lüfte.

Ich schrie, als wir den Boden hinter uns ließen. Bevor mein Magen mit den Ereignissen aufgeholt hatte, landete ich vor dem brennenden Haus meiner Großmutter auf einer Wiese. Beißender Rauch legte sich auf meine Lungen. Tränen schränkten mein Sichtfeld ein. Trotzdem sah ich es: Ein Pfeil mit Widerhaken, in der Größe eines Rechens steckte in Hunters Flügeln und heftete sie aneinander.

„Hunter!"

Unbeschreibliche Wut und Hitze jagte durch meinen Körper. Wegen mir war Hunter verletzt worden. Meine Großmutter war verschwunden und war entweder tot oder stand kurz davor, ihr Leben zu lassen. Wegen mir. Auch meine Eltern mussten wegen mir sterben.

Alles war meine Schuld.

Es wäre für alle besser gewesen, wenn ich niemals auf die Welt gekommen wäre.

Krallen bohrten sich in meine Rüstung und warfen mich um. Das riesige Maul eines Hai-Wolfs schnappte nach mir. Ich schrie und schaffte es gerade so, ein Messer aus meinem Holster zu ziehen. Mit meiner Wut, nein, purer Frustration jagte ich die Klinge in den Hals des Wolf-Hais.

Ich atmete Staub ein und würgte. Was zum –

Ich hörte, wie sich mehrere Wolf-Haie näherten, und stolperte auf meine Füße.

Ein ganzes Rudel beobachtete mich aus gelbglühenden Augen. Hinter mir brüllte Hunter. Dann folgten Geräusche, die auf einen Kampf hinwiesen. Ich wusste: Drehte ich mich um, wäre ich dem Tod geweiht.

Ich zog ein weiteres Messer aus meinem Holster. Es wäre ein guter Tod, wenn ich auf dem Land meiner Großmutter sterben würde.

„Holt mich, wenn ihr euch traut!"

Das Rudel griff an.

Ich war mir sicher, dass ich sterben würde. Dennoch schafften es die Wut und die Trauer in mir, dass ich den Wunsch hegte, zu überleben. Die Angreifer waren schnell; das hatte ich nicht erwartet. Sicher, sie waren nicht menschlich. Ich hätte es wissen sollen, aber trotz allem kam es überraschend. Noch nie war jeder meiner Schläge, jeder Tritt genau an der Stelle gelandet, wo ich sie haben wollte. Sogar mein Großonkel, der Gott des Kung-Fus, der mir seine Lehrstunden verweigert hatte, würde mir jetzt beeindruckt zunicken.

Ich kämpfte, bis um mich herum nur noch ein Kreis aus Asche blieb.

Ich blieb in Alarmbereitschaft und suchte die Dunkelheit nach weiteren Gefahren ab.

Es dauerte eine Weile, bis ich bemerkte, wie ruhig es war.

„Hunter?" Ich sah mich um und fand ihn kniend in seiner menschlichen Form. Ich rannte zu ihm. „Hunter! Bist du in Ordnung?"

Hunters Hand steckte in der Brust eines Mannes. Als ich mich näherte, spannte er den Arm an und der Mann schrie.

Meine Vorfahren zählten zu den Monstern und Göttern des Altertums. Viele von ihnen hatten gemordet, geopfert und sogar Menschen verspeist. Die jetzige Situation sollte mich nicht schockieren.

Ich hatte jedoch zu viel Zeit unter den Menschen verbracht.

„Hunter!", schrie ich und das Entsetzen war deutlich hörbar in meiner Stimme.

Er sah mich nicht an. Rauch stieg aus der

Brust des Mannes auf und Hunters Ausdruck war grimmig. „Wir sind dir auf der Spur, Devourer."

Die Schreie des Mannes verwandelten sich zu Gelächter und seine Stimme klang gurgelnd und nicht von dieser Welt. „Komm nur, Drache. Ich erwarte dich."

Der gesamte Körper des Mannes ging in Flammen auf.

Hunter hob den Blick zu mir, Feuer noch immer in seiner Hand, als er das fremde Blut wegbrannte. „Der Devourer hatte ihn bereits unter Kontrolle."

Ich schloss die Augen. „Ich weiß." Ich hatte nicht das Recht, seine Handlungen zu kritisieren. Schließlich manipulierten die Shen die Menschheit seit Anbeginn der Zivilisation. Immer für ihre eigene Bereicherung. Der Devourer aß die Persönlichkeiten seiner menschlichen Opfer, versklavte ihren Verstand und verwandelte ihre Körper in Marionetten. „Wie geht's deinen Flügeln?"

„Alles gut." Er sprach die Worte in dem typischen Ton eines Mannes aus, der nicht über seine Schmerzen sprechen wollte.

Bei Shen, wenn sie in einer Form eine Verletzung erlitten, wurde diese Verletzung auch auf andere Formen übertragen. War das bei Drachen auch der Fall? Obwohl sie wie Shen eine menschliche Form besaßen, galten Drachen auf diesem Planeten als Aliens.

Hinter uns krachte es. Ich drehte mich um

und musste beobachten, wie eine Wand der Blockhütte zusammenbrach. Grüne Flammen fraßen sich durch das Holz, während die Wand stetig versuchte, sich wiederaufzubauen. Ein Kompliment an die Scharfsinnigkeit meiner Großmutter, deren magischer Algorithmus immer darauf Bedacht war, jede Gefahr zu meistern. Ich fiel auf meine Knie. Der Verlust der Hütte schnürte mir die Kehle zu.

Ich konnte weder mich noch das Haus meiner Großmutter beschützen.

Im Wald erschienen Scheinwerfer und ich hörte, wie sich ein Fahrzeug näherte.

Hunters Hand lag auf meinem Rücken. „Sophie, unsere Mitfahrgelegenheit ist hier."

Ich konnte mich nicht bewegen. Ohne zu blinzeln, starrte ich auf die brennende Blockhütte, die von grünen Flammen verschluckt wurde.

„Alles, was ich von meiner Familie hatte, befand sich in der Hütte", sagte ich. „Die Blockhütte meiner Großmutter verbrennt vor meinen Augen. Das Schwert meines Vaters ist für immer verloren. Die Erinnerungen an meine Kindheit – alles weg."

Ein riesiger SUV parkte wenige Meter neben uns. Das Fenster rollte herunter. Der Fahrer hatte eine blonde Löwenmähne. Seine Schultern und Oberarme hatten eine obszöne Größe und wurden durch sein graues T-Shirt besonders in Szene gesetzt. In seinen Augen sah ich dieses Feuer, das bewies, dass er kein Shen war. „Hey", sagte der Mann zu Hunter. „War nicht einfach, diesen Ort zu finden."

„Das ist der Sinn dieses Ortes", erwiderte Hunter. „Sophie, Lucas. Lucas, Sophie. Wartet kurz. Ich muss was erledigen."

Er lief auf die Flammen zu.

Was hatte er vor? „Hunter!"

Er drehte sich nicht mal um. Er lief einfach unbehelligt weiter und rief: „Drache, erinnerst du dich?"

Ich starrte auf das brennende Gebäude. „Es ist Magier-Feuer!"

Grüne Flammen umhüllten seine nackte Form. „Ein Drache fürchtet sich vor keiner Flamme."

Magier-Feuer galt als Schöpfung des Devourers. Allerdings kam es vor, wie auch bei den Shen, dass es Geschichten an Wahrheit fehlte.

„Wurde Magier-Feuer nicht kreiert, um Drachen zu töten?", murmelte ich vor mich hin.

Lucas, der aus dem SUV ausgestiegen war, gesellte sich an meine Seite.

„Wurde es." Lucas starrte auf das wütende Feuer. Die Flammen schienen lebendig zu sein. „Wir haben einige Möglichkeiten, um uns vor Magier-Feuer zu schützen. Dennoch fühlt es sich an, als würde sich eine Armee Feuerameisen an uns zu schaffen machen. Was auch immer er in der Hütte will, muss ihm wichtig sein."

Oh ja, Lucas war eindeutig ein Drache.

Die Zeit verlangsamte sich und es fühlte sich

an, als wären bereits Stunden ohne ein Zeichen von Hunter vergangen.

Plötzlich kollabierte das Haus. Funken erfüllten die Luft.

NEIN! „Hunter!“ Ich versuchte, zur Hütte zu rennen, doch eine Hand wickelte sich um mein Handgelenk. „Lass mich los!“

„Warte“, sagte Lucas. „Sieh nur.“

Ich entriss ihm meine Hand und drehte mich zu den grünen Flammen. Mir fiel ein merkwürdiger, roter Schimmer auf, der alsbald zu einer Person wurde. Eine hochgewachsene, hell leuchtende Gestalt in Rot und Gelb lief aus dem smaragdgrünen Inferno auf uns zu. Ein Inferno, das mit seinen grünen Tentakeln nach der Figur peitschte.

Der laufende Feuerball hatte ein glühendes Schwert in der Hand.

Flammen leckten über seine hinreißende, nackte Form, die seine breiten Schultern und die beeindruckenden Muskeln in erregendes Licht tauchten. Seine Augen brannten feuerrot: Ein auf der Erde wandelnder Feuergott.

Nein, erinnerte ich mich. Er war kein Gott, denn er war kein Shen, und es wäre besser, wenn ich diesen Umstand nicht vergaß.

Ich wollte zu ihm rennen, ihn umarmen, doch Lucas’ Präsenz hielt mich davon ab und ich musste mich stattdessen auf die vollkommene Nacktheit des Mannes konzentrieren, der direkt vor mir anhielt.

„Ich würde dir das Schwert gerne jetzt schon

überreichen, aber du solltest warten, bis es abgekühlt ist."

Ich ballte meine Hände zu Fäusten. Täte ich das nicht, würde ich ihn berühren. „Warum hast du das gemacht? Es ist nur noch ein gewöhnliches Schwert."

Sein Blick war bedeutungsvoll. „Nur, weil etwas keine Magie hat, bedeutet das nicht, dass es keinen Wert hat."

„Hey", sagte Lucas in einem gelangweilten Ton. Anscheinend war er es gewohnt, mitten in der Nacht nackte und verdreckte Leute vor einem brennenden Gebäude abzuholen. „Ihr könnt euch auf dem Rücksitz lüsterne Blicke zuwerfen. Lasst uns verschwinden."

Hunter funkelte ihn wütend an. Lucas ignorierte ihn, öffnete die hintere Tür und winkte mich hinein. Ich glitt auf den beheizten, schwarzen Ledersitz. Lucas schloss die Tür, gerade als Hunter den Platz neben mir einnahm.

Lucas glitt hinters Steuer und sagte: „Neben dir liegt eine Tasche mit Kleidung."

„Hab sie", erwiderte Hunter.

Ich sah aus dem Fenster auf die brennende Hütte. „Ist es intelligent, mitten im Wald eine magische, brennende Hütte zurückzulassen?"

„Magier-Feuer stirbt einen schnellen Tod, wenn keine Drachen in der Nähe sind", erklärte Hunter, als er die Tasche öffnete. „Gibt es Neuigkeiten?"

Lucas seufzte. „Als sich der Devourer die

Kitsune geschnappt hat, hinterließ sie uns magische Brotkrumen: Eine Karte, um den Devourer ausfindig zu machen. Daniel hat das Hauptquartier bestätigt."

Großmutter. Ich sah aus dem Fenster. Ich konnte nicht fassen, dass ich mich mit jeder Umdrehung der Reifen weiter von der Hütte entfernte.

„Lebt sie noch?", fragte ich.

„Unklar", sagte Lucas. Eine lange Pause folgte. „Leider muss ich sagen, dass dieser Teil des Devourers, bevor er vor einem Jahrzehnt inaktiv wurde, seine Gefangenen am Leben ließ, um Experimente an ihnen durchzuführen."

Ich schloss die Augen und schluckte schwer. Das hatte ich vergessen. Ein weiteres Gerücht, das die übriggebliebenen Shen über den Devourer verbreiteten. Es gab so viele: Obwohl er keine Form besaß, war er nicht unsichtbar. Er sah alles, konnte deine Gedanken lesen, deine Handlungen voraussehen, experimentierte an seinen Gefangenen und so weiter. Der Devourer war ein wahrgewordener Albtraum.

Vielleicht wäre es besser, wenn meine Großmutter nicht mehr am Leben war.

Dieser Gedanke schwebte durch meinen Kopf wie eine herannahende Gewitterwolke. Wenn ich weiter daran dachte, würde ich weinen. Da ich vor den beiden nicht in Tränen ausbrechen wollte, wechselte ich das Thema. „Wer ist Daniel?"

„Ein weiteres Mitglied unseres kleinen Teams."

„Wie viele seid ihr?"

„Vier", sagte Hunter, als Lucas vehement einwarf: „Drei."

„Ich werde Lana nicht in die Sache hineinziehen", fügte Lucas in einem eisigen Ton hinzu. „Sie ist ein Mensch."

„Das bedeutet doch nicht, dass sie nicht wichtig für uns sein kann."

Es folgte ein tiefes, warnendes Grollen aus der vorderen Reihe. Ich bekam das Gefühl, dass sie das Thema nicht zum ersten Mal besprachen.

Hunter legte seine Hand auf meine. „Ich arbeite mit Freunden zusammen. Wir werden den Devourer finden und ihn auslöschen. Für dich werden wir einen Unterschlupf finden, Justice oder nicht. Wir werden dir helfen."

„Ich verstehe nicht, wie du so überzeugt davon sein kannst, dass drei Drachen bei einem Kampf den Sieg davontragen, wenn zuvor eine ganze Armee aus Drachen versagt hat", sagte ich.

„Warte, warte, warte", unterbrach Lucas. „Hast du sie gerade Justice genannt?"

„Habe ich", sagte Hunter.

„Eine Justice", wiederholte Lucas. Für einen Moment schwieg er. „Also, wenn das nicht nach einer Planänderung schreit. Ich werde Daniel Bescheid geben, dass er das magische Silber verstecken soll."

„Magisches Silber?“ Silber war grundsätzlich nicht magisch. Eigentlich handelte es sich dabei sogar um das totale Gegenteil: Silber stieß Magie ab.

Wie ich, dachte ich bedrückt. Anscheinend war ich das Äquivalent zu Shen-Silber.

Lucas sprach weiter. „Du hast sicher schon mal gehört, dass Menschen sagen: Versteckt das Silber. Wir müssen die magischen Waffen verstecken, damit du die Magie nicht ausradierst.“

Hunter schüttelte den Kopf. „Lucas hat nicht so viel Zeit mit Menschen verbracht wie ich.“

„Ich finde, dass es ein sehr netter Versuch war, die Situation humorvoll zu gestalten“, sagte ich.

Lucas stöhnte. „Sogar ich weiß, dass das Sarkasmus war. Ich habe gehört, dass du Krav Maga beherrschst. Warum Krav Maga? Ist dein Großenkel nicht der Gott des Shaolin Kung-Fu oder so?“

Selbst unter Shen war das Allgemeinwissen. Was niemand wusste? Was mein Großonkel von mir hielt. Ich gab ihm eine kurze Antwort, umhüllt von Wahrheit, damit es glaubhaft klang. „Richtig, aber er ist nicht der Subway-Gott. Das Krav Maga-Studio lag näher zu meinem Apartment.“

„Hat Daniel herausgefunden, wo sich die Bedrohung versteckt?“, fragte Hunter, als er sich ein Hemd überzog.

„Auf einer Insel in der Karibik. Die Insel ist

durch Strohfirmen im Besitz des Monsters. Lana ist es gelungen, dieses Geheimnis zu lüften. Die Satellitenbilder des Anwesens findest du auf dem Tablet."

Hunter zog ein Tablet aus dem Netz des Vordersitzes und wischte über den Bildschirm. Er drehte es, damit auch ich etwas sehen konnte. „Willst du sehen, wo sich der Devourer aufhält?"

Ich nahm ihm das Tablet ab. Es zeigte ein weit gefächertes Anwesen. Weiße Gebäude auf einer kleinen Insel, umgeben von kristallklarem Wasser. Das war das genaue Gegenteil von dem Ort, an dem ich mir den Devourer immer vorgestellt hatte.

Ich gab Hunter das Tablet zurück und sah wieder aus dem Fenster. Hunter war nicht meine einzige Option, allerdings gab es nicht viele Shen, auf die ich vertrauen konnte. Vermutlich waren es weniger als die Personen, die gerade hier in diesem Auto saßen. Sie zu finden, stellte ein anderes Problem dar, denn in der Vergangenheit waren sie stets auf Großmutter zugekommen.

Großmutter. Meine Oma.

Ich versuchte, den plötzlich eintretenden Schmerz in meiner Brust zu ignorieren. Der bittere Geschmack auf meiner Zunge war überwältigend. Hunter und Lucas sprachen von ihren Angriffsplänen, auf die ich mich nicht wirklich konzentrieren konnte. Vielleicht lag es an der Nachwirkung der Magie, dass ich so erschöpft war – vielleicht lag es auch nur an Lucas' furchtbarem Fahrstil –, trotzdem hatte ich das Gefühl, mich gleich übergeben zu müssen. Ich schloss die Augen und lenkte meine Aufmerksamkeit darauf, mich nicht vor Hunter zu blamieren.

KAPITEL 9

RAUSCHEN UMGAB MICH. HUNTERS STIMME erreichte mich trotzdem. „Nein, ich habe mich danach nicht anders gefühlt."

Eine weitere Männerstimme erhob das Wort: „Bist du dir sicher, dass sie eine Justice ist?"

Ich blinzelte und realisierte, dass ich auf einer Couch lag, bedeckt mit einer warmen, grauen Decke.

„Sie hat die Schutzzauber der Kitsune ausgelöscht und die Anhänger des Devourers in Staub verwandelt. Als ich in die Hütte zurück bin, konnte ich sehen, dass die Pflanzen, die nicht in Flammen standen, verwelkt waren. Ich konnte fühlen, wie die Magie in der Blockhütte verpuffte."

Ich sah mich um: poliertes Holz, graue Ledersofas und eine vielsagende Reihe aus Bullaugenfenstern auf gewölbten Wänden. Ein omnipräsentes Rauschen füllte meine Ohren.

Ich lief zu einem Fenster. Es war dunkel. In der Ferne sah ich Lichter, unter uns Wolken.

Der andere Mann sprach: „Das könnte sich als nützlich erweisen."

Die Unterhaltung verstummte. Ich sah mich um. Ich war tatsächlich in einem Flugzeug, einem privaten Luxusjet. Und es machte den Anschein, dass derselbe Innenarchitekt am Werk gewesen war wie in Hunters Penthouse.

Seine Stimme war über das Rauschen zu hören. „Nicht so."

Ich stand auf und lief den Stimmen entgegen. Ich kam an einer Trennwand vorbei und dahinter befand sich ein langer, brauner Konferenztisch, an dem Hunter und Lucas saßen, zusammen mit einem weiteren Mann, der hellbraune Haut hatte und aussah, als gehörte er auf die Laufstege Mailands.

Neben dem unbekannten Mann saß eine vierte Person. Eine Frau, deren Haut etwas heller war als meine. Ihre dunklen Haare hatte sie zu einem Pferdeschwanz gebunden. Sie trug ein graues Sweatshirt des Wellesley-Colleges. Vor allen stand ein Laptop, ein Tablet oder ein Handy. Auf der Mitte des Tisches bündelten sich die Kabel und Verlängerungsschnüre – einige technische Geräte schienen nicht von dieser Welt zu sein.

Alle hoben sie gleichzeitig den Kopf und sahen mich an.

Mit offenem Mund starrte ich Hunter an. „Ein privater Jet? Echt jetzt? Wer seid ihr? Batman?“

„Batman ist Einzahl, nicht Mehrzahl. Außerdem arbeitet er allein, er fliegt nicht und hat keine Superkräfte“, klugscheißte Lucas.

Hunter stand auf und sagte zu Lucas: „Vielen Dank, Mr. Comicbuch-Lexikon.“

„Hi“, kam es von der Frau. Sie winkte mir zu. „Ich bin Lana, der Mensch.“

„Wie Clark Kents Schwarm aus seiner Heimatstadt“, fügte Lucas hinzu, der plötzlich sehr interessiert an den Manschetten seines Hemdes war.

Lana rollte die Augen und wandte sich dann mir zu. „Du musst die Feenprinzessin sein.“

Ich blinzelte. Fee, Dämon, Teufel: Menschen hatten viele Bezeichnungen für uns. Trotzdem waren wir alle Shen. Zudem gab es bei uns keine Königshäuser, wie es bei Menschen der Fall war. Ich atmete tief ein und machte mich daran, einen Menschen aufzuklären: „Na ja, irgendwie schon“, sagte ich. „Aber eine Prinzessin bin ich nicht.“

„Deine Großmutter ist The Last Great Lady of the East“, klärte Lucas auf.

„Von anderen wurde sie so genannt.“ Sie hasste den Namen, weil er sie an die vielen Shen erinnerte, die sie verloren hatte.

Ich wollte nicht an Großmutter denken. An sie zu denken, würde nur zu einem Heulanfall führen. „Lana", sagte ich, „wie bist du in den Superhelden-Club hineingeraten?"

„Eher widerwillig."

„Wir kennen Lana bereits seit unserer Kindheit. Wir sind Freunde", sagte Hunter.

„Das stimmt so nicht ganz", warf Lana ein, ohne von ihrem Bildschirm aufzuschauen. „Ich war die Tochter der Haushälterin", sagte sie in einem resoluten Ton. „Wir sind nicht zusammen aufgewachsen. Du warst den Großteil des Jahres im Internat. Wir haben uns einmal im Jahr gesehen."

Internat? Ich dachte, seine Nähe zu Menschen wäre begrenzt gewesen. Ich fand Lucas' Blick.

Ahh, die kleinen Lügen, die wir Menschen erzählten.

„Lana ist unser Computergenie. Nur dank ihr haben wir den Devourer gefunden", sagte Lucas:

Richtig. Der Devourer. Ich drehte mich zu einem runden Fenster und blickte in die dunkle Nacht hinaus.

Sie wollten das wirklich tun. Sie wollten das Monster aus meinen Albträumen bekämpfen.

„Ich bin Daniel", sagte eine Stimme zu meiner Linken. Ich wandte mich dem Model zu, der mir seine Hand zu einem Händeschütteln anbot. Wieder fiel mir dieses bestimmte Funkeln in seinen Augen auf, das ich mittlerweile den Drachen zuordnete. „Ich bin der Pilot."

Ich schüttelte seine Hand. „Weil wir uns ja eindeutig im Cockpit befinden", sagte ich und nickte mit dem Kopf in die Richtung des Konferenztisches.

Daniel zeigte auf das Tablet unter seinem Arm. „Es ist bemerkenswert, zu was Technologie heutzutage fähig ist – vor allem, wenn es sich um Technologie von einem anderen Planeten handelt. Zum Beispiel das Steuern eines Flugzeugs, ohne sich im Cockpit zu befinden."

Richtig. Ich vergaß immer wieder, dass ich Aliens von einem anderen Planeten vor mir hatte.

„Ich habe gehört, dass du eine Justice bist", sagte Daniel. „Mach dir keine Sorgen; ich habe das magische Silber versteckt."

Lana hob den Blick vom Bildschirm. „Magisches Silber?", fragte sie. „Ich dachte, Silber sei nicht magisch."

„Daniel wollte einen Witz reißen", erklärte Lucas.

„Und hat kläglich versagt", fügte Hunter hinzu.

„Danke, dass du auf mein Versagen hinweist", sagte Daniel, der auf seinem Tablet herumtippte.

„Immer gern", erwiderte Hunter.

Daniel fand meinen Blick. „Wir haben einen neuen Plan."

Hunter stand auf. „Es ist ein furchtbarer Plan. Du hattest recht, Sophie. Ich hätte dich nicht hierherbringen sollen“, sagte er und verließ die Gruppe.

Was war los? Ich wollte ihm folgen, doch mein Stolz hielt mich zurück.

Daniel beobachtete mich aufmerksam. Befürchtete er, dass ich mit einem Fingerschnippen seine Kräfte ausradieren würde? „Wir können deine Großmutter nicht retten, Sophie.“

Ich packte die Lederlehne vor mir. Seine Worte kamen nicht überraschend.

Meine Großmutter war tot. Ich hatte es gefühlt, als die Schutzzauber brachen, die sogar ihren Tod überstehen sollten.

Alle Laute um mich herum rückten in den Hintergrund.

Sie konnten meine Großmutter nicht retten.

Intensive Trauer breitete sich von meinem Herzen in meinem ganzen Körper aus. In meinen Ohren hörte ich mein Blut rauschen.

„Sophie?“

Daniel wedelte mit der Hand vor meinem Gesicht herum. „Geht’s dir gut?“

Ich blinzelte, mein Mund vollkommen ausgetrocknet. „Sie ist tot“, flüsterte ich.

Zu meiner Überraschung schüttelte Daniel mit dem Kopf. „Nein. Wir haben Drohnen ins Hauptquartier des Devourers bekommen. So wie es aussieht, ist sie noch am Leben.“

Ich war mir sicher, ihn falsch verstanden zu haben. „Am Leben?“

„Oh ja. Aber genau das ist das Problem.“

Ich sollte ihn anschreien und damit den Schmerz in meinem Inneren Luft machen. Es war zu viel. Einfach zu viel. Zu viel, um es zu verarbeiten. Ich fühlte zu viel.

Manchmal war es notwendig, dass man Gefühle abstellte, um weiterleben zu können. Ein Überlebensinstinkt. Ähnlich dem Instinkt, bei dem Tiere ihre eigenen Gliedmaßen abbeißen, wenn sie in der Falle saßen.

Im Inneren fühlte sich alles taub an. Nur aus diesem Grund schaffte ich es, sinnvolle Worte zu formen: „Was meinst du damit?"

Daniel setzte sich wieder hin. „Der Devourer plant, deine Großmutter zu benutzen, um sich Zugang zu dem magischen Netzwerk zu beschaffen, das sich unter dem Rand der Erde befindet. Auf diese Weise hat er es auch geschafft, unseren Heimatplaneten zu zerstören. Wir dürfen ihn nicht gewinnen lassen."

Unbändige Wut. Ich fühlte die Emotion in mir, eine Hitze, einen Rausch, und ich gab alles, um mich an der Stille festzukrallen. Ich wusste bereits, in welche Richtung der Drache damit ging. Ich wollte es jedoch hören. „Wie lautet also der Plan?"

Daniel sah mich mitfühlend an. „Du weißt genau, was wir tun müssen."

Ich atmete zittrig ein und wandte den Blick ab.

„Ich werde euch nicht aufhalten", sagte ich.

„Wir brauchen mehr als das. Wir brauchen deine Hilfe."

Ich schnaubte und schüttelte den Kopf. „Du weißt genau, wie meine Antwort lauten wird."

Daniel tippte auf seinem Tablet herum. „Wenn Hunter recht behält, bist du die erste Justice auf der Erde."

„Auf keinen Fall werde ich die Kräfte meiner Großmutter auslöschen. Das würde sie umbringen."

Daniel teilte die Lippen, schloss sie wieder und sagte dann: „Wenn deine Großmutter lebt, stirbt die Erde."

Ich blinzelte. Als ich die Augen wieder öffnete, war ich umgeben von weißem Licht.

Vor mir stand meine Großmutter in ihrem liebsten, rosafarbenen Kimono. Ihr Gesicht zeichnete sich durch zeitlose Jugend aus, die nur wenige Frauen besaßen. In ihren langen, dunklen Haaren gab es nur eine einzelne graue Strähne. Sie lächelte mich an und nahm meine Hand, die mit Farbe und Glitter vollgekleckert war.

Mein Blick fiel auf meine Schuhe: Regenbogen-Ponys waren an den Seiten zu sehen – mein Lieblingspaar, als ich sechs Jahre alt war.

„Sophie, ich werde diese Erinnerung in deinem Verstand verstecken. Um die Erinnerung aufzurufen, braucht es ein geheimes Stichwort. Dabei handelt es sich um ein Gefühl, von dem ich hoffe, dass du es niemals erleben musst. Falls dies aber der Fall sein sollte ..."

Tränen füllten die Augen meiner Großmutter.

„Mein Leben war großartig. Ich habe geliebte

Menschen verloren, sicher, aber ich habe auch geliebt. Falls es jedoch passieren sollte, dass du dich zwischen meinem Leben und deiner Zukunft entscheiden musst, musst du dich für dein eigenes Leben entscheiden. Ich weiß, dass die Entscheidung nicht einfach sein wird. Doch genau das haben auch deine Eltern für einander getan. Und obwohl deine Magie sich erst noch manifestieren muss, kann ich sie bereits in dir sehen: Die Kraft deines Vaters und die Entschlossenheit deiner Mutter. Deine Eltern leben in dir weiter. Du kannst das, Sophie. Entscheide dich für deine Zukunft und gegen mein Leben. Das ist meine Bitte an dich."

Sie schniefte, wischte sich Tränen aus den Augen und lächelte: „Oh, und heirate den Drachen."

Ich blinzelte erneut. Ich befand mich wieder im Flugzeug und erkannte, dass Daniel noch immer sprach.

„– der Devourer ist ein Wesen aus alter Zeit. Heutzutage würden Menschen es mit künstlicher Intelligenz gleichsetzen. Es lernt von vergangenen Kämpfen."

Großmutter. Sie konnte mich verzaubern und mich programmieren wie jeden gewöhnlichen Menschen. Die alte Füchsin hatte immer ihre Geheimnisse.

Ich erinnerte mich an unseren Campingausflug und wie sie sich in ihrer Fuchsform an mich gekuschelt hatte. Gemeinsam betrachteten wir den sommerlichen Meteorschauer.

„Du bist an Hunter gesiegelt. Der Schlüssel, um an den Umfang deiner Kräfte zu kommen, liegt bei ihm." Daniel pausierte kurz, dann: „Wirst du uns helfen?"

Ich atmete tief ein. „Lass mich darüber nachdenken. Kannst du mir sagen, wo ich Hunter finde?"

DAS FLUGZEUG WAR GROẞ und luxuriös, mit Holzverkleidungen an den Wänden, zugeschnittenen Möbeln und privaten Kabinen. Ich klopfte an drei verschiedene Türen. Dabei machte ich einen Wandschrank mit Putzutensilien, ein Badezimmer und einen Raum gefüllt mit Computerservern ausfindig, bevor ich, wie ich hoffte, zu Hunters Kabine fand.

Ich klopfte an die abgeschlossene Tür.

Keine Antwort.

Ich klopfte erneut.

„Hunter", sagte ich. „Ich bin's."

Die Tür öffnete sich zu einem kleinen Raum, in dem nur Platz für ein schmales Bett war. Ausgehend von seinen nassen Haaren und dem Handtuch um seine Hüfte war er vor wenigen Minuten aus der Dusche gekommen.

Ich vermisste das Nihao-Katze-Handtuch.

Hinter mir glitt die Tür zu.

„Jetzt kennst du Daniels Plan", sagte er in einem grimmigen Ton.

Ich setzte mich auf die Bettkante, da es keine Stühle gab. „Ja." Ich wusste bereits, wie ich mich entscheiden würde. Das Problem war nur:

Sprach ich es aus, würde es mir zu real erscheinen.

Hunter sah mich für eine Weile an, bevor er sagte: „Was wäre, wenn ich dir die Möglichkeit eines weiteren sicheren Unterschlupfes anbiete? Daniel lag schon öfter falsch."

Ich schüttelte den Kopf. Wie jeder Nicht-Mensch in meinem Leben dachte auch Hunter, dass ich zu schwach war. „Nein. Ich will nicht mehr wegrennen."

Er kam zu mir. Ein Mann bestehend aus Muskeln. In dem winzigen Handtuch war er eine Ablenkung. Dennoch fühlte es sich gut an, andere Empfindungen als Trauer und Schock zu haben. Langsam musste ich annehmen, dass seine kontinuierliche Nacktheit nur ein Ziel verfolgte: Mein Gehirn zu Rührei zu verarbeiten. Ich ballte meine Hände zu Fäusten und entspannte meine Muskeln wieder. „Ich bin bereit, zu lernen. Wenn du bereit bist, mir dabei zu helfen."

Er schnaubte. „Denkst du wirklich, dass es so einfach ist? Der letzte Justice wurde vor tausenden von Jahren getötet. Und du bist eine Shen, kein Drachen. Deine Magie unterscheidet sich von meiner."

„Wenn du mir nicht helfen willst, kann ich ja jemand anderen fragen, ob er mich an sich siegeln will. Oder ich –"

Ich schnappte nach Luft, als ich von ihm gepackt und aufs Bett gedrückt wurde. Ich lag unter seinem muskulösen Oberkörper, unter einem halb nackten Mann. „Nein", sagte er. Seine Stimme war so kontrolliert, was in einem erschreckenden Kontrast zu seinen goldglühenden Augen stand.

Ich rutschte unter ihm herum und versuchte, mich zu befreien. Er nutzte meine Reaktion, um seine Hüfte gegen meine zu pressen. Sein Geruch, das Gefühl, ihn über mir zu haben, die Entschlossenheit in seinem Blick bestätigte wieder einmal, wie verloren ich war, wenn es um ihn ging.

„Hunter!" Ich stemmte meine Fersen ins Bett. In dem Versuch, mich erneut von ihm zu befreien, rieb mein Venushügel gegen seinen Schwanz. Er knurrte und ich spürte, wie seine Erektion wuchs.

„Nein", wiederholte er und dieses Mal wies seine Stimme eine gewisse Schärfe auf.

Ich wusste, was ich sagen sollte: Es gab für uns keinen Grund, länger verlobt zu bleiben. Wir mussten uns nicht den Auflagen hingeben, die uns als Babys auferlegt worden waren.

Er hingegen starrte mich aus goldfarbenen Augen an, hinter denen ein Kampf tobte. In dem Moment erkannte ich, dass sich zwischen uns etwas unwiderruflich verändert hatte.

Etwas, das sich mit der Zeit in … Nein, es machte keinen Sinn über die Zukunft nachzudenken, wenn es keine für uns geben würde. Wahrscheinlich würden wir alle in den nächsten achtundvierzig Stunden sterben.

Achtundvierzig Stunden.

„Okay", sagte ich. Mehr konnte ich nicht sagen. Ich wollte nicht beschreien, was in dieser Zeit zwischen uns geschehen konnte.

Kurzzeitig sah er schockiert aus. Sein Griff an meinen Handgelenken lockerte sich und ich legte die Hände auf sein Gesicht. Meine Fingerspitzen glitten über seinen frisch rasierten Kiefer.

„Okay", wiederholte er langsam. Das eine Wort klang eher wie eine Frage. Er sah aus, als wollte er mehr sagen – vielleicht über diese merkwürdige Sache, die zwischen uns vor sich ging.

Aber das wäre eine furchtbare Idee. Wenn er das täte, wie sollte ich dann Daniels Plan durchziehen? Wie sollte ich tun, was getan werden musste?

Ich musste sicherstellen, dass meine Großmutter kein Leid mehr ertragen musste.

Heirate den Drachen.

Ich wickelte die Arme um seinen Hals und zog Hunter für einen Kuss zu mir.

Zuerst wirkte er von meiner Aktion zu geschockt, um zu reagieren.

Doch es dauerte nicht lange, bis seine Hände zu meinem Hintern wanderten und er mich an sich zog. Meine Jeans hielt gegen seine Kraft nicht stand. Eine Sekunde später hatte er mir das Material vom Körper gerissen. Seine Hände und sein Mund waren überall. Er vereinnahmte meinen Körper mit seinen erregenden, besitzergreifenden Berührungen. Berührungen, die man nur auf eine Weise interpretieren konnte: *Du gehörst mir, du gehörst mir, du gehörst mir.* Ich zog an dem Handtuch um seine Hüfte. Sofort sprang sein Schwanz hervor, so dick, dass meine Finger sich nicht berührten, als ich ihn packte. Der Gedanke, ihn in mir zu haben, führte dazu, dass sich die Wände meines Geschlechts auf köstliche Weise zusammenzogen.

„Bitte sag mir, dass es in diesem Flugzeug keine Magie gibt", keuchte ich. Schließlich wollte ich das Flugzeug nicht außer Gefecht setzen, wie ich das bei den Schutzzaubern meiner Großmutter getan hatte.

„Keine Magie", knurrte er. „Nur wir", fügte er hinzu. Der berauschende Einfluss seiner Drachen-Sprache mischte sich in seinen Ton. Seine Hand wanderte zwischen meine Schenkel. Ich spreizte die Beine und öffnete mich für ihn. Schnell fand er meine Klitoris, bevor sich seine talentierten Finger tief in mir vergruben.

Nur wir.

„Du bist so feucht für mich." Er grinste mich an, als hätte er den wertvollsten Schatz aller Zeiten ausgegraben. Ich schob meine Hand zwischen unsere Körper und nutzte meine Nässe, um seinen Schaft damit zu befeuchten. Er knurrte, packte meine Hand und presste sie auf die Matratze. Im gleichen Atemzug fand er mit der Eichel meinen Eingang. „Du sorgst noch dafür, dass wir schneller fertig sind, als ich will, Sophie."

Ich wickelte meine Beine um seine Hüfte und hob ihm mein Becken entgegen. Ich wollte ihn endlich in mir haben. „Is' mir egal", sagte ich atemlos. „Ich brauche dich in mir. Sofort."

Er drang so hart in mich ein, dass ich seine Schulter beißen musste, um nicht laut zu schreien. Mein Geschlecht pulsierte um seine harte Länge und er küsste mich, als er sich in Bewegung setzte. Jeder seiner Muskeln spannte sich vor Anstrengung an. Ich konnte ihm ansehen, dass er sich zurückhielt. Er zog sich langsam aus mir zurück und vergrub sich dann mit einem machtvollen Stoß in mir. Sein Schwanz füllte mich so perfekt aus, dass ich ein Wimmern nicht zurückhalten konnte. „So verdammt eng", sagte er. „Ich werde dich für den Rest meines Lebens auf diese Weise ficken."

Seine Worte klangen zu real. *Das geht nicht; ich kann ihn nicht haben,* dachte ich. Dieser Tatsache war ich mir bewusst, obwohl er mich gerade hart rannahm und Gefühle in mir auslöste, die ich so zuvor noch nie erlebt hatte. Mit niemandem. Konnte er tatsächlich der Richtige für mich sein?

Das würde ich nie herausfinden. Wir hatten schlichtweg keine Zeit.

Seine erhitzten Fingerspitzen strichen über meine Haut und hinterließen heiße Pfade, die es einfach machten, meine Gedanken in den Hintergrund zu drängen und meine Gefühle zu akzeptieren. Im Inneren öffnete sich mein magisches Ich, das seine Magie und die einhergehende Macht brauchte. Mit jedem Stoß gab er mir mehr, und doch war es nicht ausreichend! Ich wollte mehr, brauchte mehr und verdammt, ich brauchte es schnell. Ohne Luft zu holen, kamen meine Gedanken über meine Lippen: „Hunter, bitte halte dich nicht zurück. Fick mich hart!"

Er stoppte, legte seine Stirn auf meine und sah mir tief in die Augen. „Okay", sagte er in einem sanften Ton.

Mein Herz setzte bei seinem goldenen, ernsten Blick einen Schlag aus. Augen, die zu viel sahen.

Er bewegte sich auf eine Weise, auf die es kein Sterblicher konnte. Ich schrie bei seinen wilden Stößen. Schneller und schneller füllte er mich mit seiner Hitze, seinem Feuer. Ich krallte mich an ihm fest und genoss den Ritt. Seine Hände lagen auf meinen Hüften. Immer wieder änderte er den Winkel und benutzte mich so, wie er das für richtig hielt. Ich schrie seinen Namen und er knurrte meinen.

Seine Macht explodierte in mir.

Und mein magisches Ich akzeptierte alles, was er zu geben hatte. Ich ritt die Welle der Ekstase, die weit über menschliche Lust, über Shen, über Drachen hinausschoss, denn wir waren Licht, wir waren Feuer und am wichtigsten von allem: Wir waren Eins.

KAPITEL 10

LANGSAM ERWACHTE ICH. HUNTERS WARMER Körper presste sich an meinen, mein Rücken gegen seine Brust und eins seiner Beine über meinem Schenkel.

Es gab keinen Ort, an dem ich gerade lieber wäre.

Er streichelte meinen Unterarm.

„Siegeln? Es fühlt sich nicht für alle so an, oder?"

„Nein."

Ich drehte mich in seinen Armen und stützte mich auf dem Ellbogen ab. „Aber es wurde keine Magie ausgetauscht. Ich habe nur von dir genommen. Warum bist du nicht geschwächt?"

Er betrachtete mich, rieb mit den Fingerknöcheln über meine Wange und schob mir meine Haare hinters Ohr. „Magie ist nicht wie Wasser in einem Glas. Du kannst jemanden nicht seiner Magie entleeren. Es ist eher eine

Emotion. Emotionen reichen tief. Du kannst sie teilen. Nur weil du die Emotion teilst, bedeutet das nicht, dass du davon weniger hast."

Plötzlich drehte er sich von mir weg und schwang die Beine über den Bettrand.

So ist es wahrscheinlich besser, dachte ich. Ich gab vor, dass ich keine Ahnung hatte, was er meinte. „Es handelt sich um eine andere Auffassung von Magie als bei den Shen." Ich klappte den Mund zu und ließ meine Gedanken einen anderen Pfad einschlagen. „Warte. Wenn es so ist, wie du sagst, wie löscht eine Justice dann Magie aus?"

Hunter stand auf, holte sich das Tablet vom Nachtschränkchen und entsperrte es. Er stellte sich direkt vors Bett. Vollkommen nackt. Ich versuchte, die Nähe zu seinem Schwanz zu ignorieren. Trotzdem kam ich nicht umhin, mich zu fragen, wie er sich in meinem Mund anfühlen würde.

Die siedende Hitze in mir warf Funken.

Hunter behielt seinen Blick auf das Tablet gerichtet. „In den Geschichten taten sie das. Jedoch waren sie auch in der Lage, Vulkanausbrüche zu verursachen, Lava zu kontrollieren und mit Tieren zu sprechen."

Ich schnaubte. „Könnte ich mit Tieren sprechen, würde ich den Tauben sagen, die immer meine Feuerleiter zuscheißen, dass sie sich vom Acker machen sollen."

„Diese Geschichten sind so alt, dass es sich eher um Mythen als um Fakten handelt." Er fuhr mit der Hand durch seine Haare und murmelte in seinen nicht vorhandenen Bart: „Das Symbol kann nicht stimmen. ‚Energie-Ausgleicher' kann es nicht heißen."

Ich war ihm so nah, dass ich ihn berühren könnte. „Was meinst du?"

Er wischte über den Bildschirm. „Ich war nie der Beste in Drakonisch", sagte er, womit er die Sprache der Drachen meinte. „Zudem sind die Texte in der klassischen Form geschrieben. Das macht es noch schwieriger, sie zu interpretieren."

„Wenigstens hast du die Sprache gelernt. Ich dachte, ich wäre cool und aufmüpfig, als ich mich dagegen gewehrt habe, vernünftig Shen zu lesen. In dieser Hinsicht bin ich ungebildet. Wenn du mir aber in der Sprache sagst, dass ich mein Zimmer aufräumen oder das Telefonat beenden soll, das verstehe ich."

Er hob den Blick und lächelte. „Ich hatte damals die Wahl zwischen Drakonisch oder zwei anderen Sprachen, die nicht mehr gesprochen werden. Ich wählte die Sprache, die ich für nützlich empfand."

Hunter senkte den Blick wieder auf das Tablet. „Bei der Definition von Justices scheiden sich die Geister. Jeder hat eine andere Meinung."

„Du hast also keine Ahnung, was ich bin."

„Gehört das nicht zur Natur der Shen? Immer unberechenbar zu sein? Du hast magische Fähigkeiten, selbst wenn es nicht das ist, was du erwartet hast. Jetzt musst du lernen, wie du die Kräfte anzapfen und kontrollieren kannst."

Ich hob das Kinn. „Wirst du mich lehren?"

Er entließ den Atem. Ich musste annehmen, dass seine Antwort ‚Nein' lauten würde. „Wir können uns um Grundlagen kümmern."

Ich seufzte. „Lass mich raten: Augen schließen, einatmen, jeden Gedanken aus meinem Verstand vertreiben, bla bla bla."

„Es gibt einen Grund, dass diese Praxis in vielen Kulturen angewandt wird."

Ich seufzte erneut. „Willst du wissen, wie oft ich diese Technik probiert habe?"

„Denke nicht an die Vergangenheit. Denke nicht an die Zukunft. Konzentriere dich einfach auf deine Atmung."

Ich setzte mich im Schneidersitz hin, nahm die Schultern zurück und legte die Handflächen auf meine Knie.

Hunter sendete sein Feuer in meine Richtung und liebkoste meine Haut.

„Was fühlst du?"

„Hunter", hauchte ich.

Ich öffnete die Augen und konnte seine Kräfte in mir fühlen. Machtvolle Hitze, die meine Haut entflammte. Komischerweise schmeckte ich Schärfe auf meiner Zunge, aber nicht auf eine unangenehme Weise.

„Und jetzt atme aus."

Ich atmete aus und Rauch erhob sich von

meinen Lippen. Beeindruckt weiteten sich meine Augen. „Wie ist das möglich?"

Hunter sah mich stutzig an. „Das sollte es nicht."

Ich drehte mich zu ihm. Ruckartig zog er sich seine Kleidung über.

Hatte ich etwas falsch gemacht? „Ist alles okay?"

„Du bist keine Justice. Jedenfalls nicht nach der Definition der Drachen."

Was war ich dann? Mein ganzes Leben wollte ich eine wahre Shen sein. Mit Talent. Sogar Blumen zum Blühen zu bringen oder die Blätter an den Bäumen die Farbe wechseln zu lassen, hätte ich akzeptiert.

Für ein paar Stunden hatte ich eine Idee davon gehabt, was ich war. Eine Justice. Und jetzt sagte er mir, dass ich das nicht war?

Es hatte noch nie eine einfache Antwort darauf gegeben, wer oder was ich war.

Ich rutschte aus dem Bett und fand meine Tasche und das Schwert meines Vaters auf dem Boden. Natürlich hatte er meine Sachen in sein Zimmer gebracht. Wo sonst würde ich schlafen? Wollte er mich jetzt nicht mehr? Mein Herz schmerzte bei diesem Gedanken. Es fühlte sich an, als hätte sich eine Faust um das Organ gelegt. Ich lenkte mich ab, indem ich weitersprach: „Ich habe nie gewusst, wer ich bin. Shen, Mensch – am Ende dachte ich, dass es keine Rolle spielt, solange ich noch lebe. Ich habe die Schnauze voll davon, immer beschützt zu werden. Ich will nicht, dass ständig Leute ihr Leben für mich lassen. Mein ganzes Leben habe ich immer die Flucht ergriffen." Ich fand seinen Blick und konzentrierte mich auf meine Entschlossenheit. Anders ging es nicht. Entschlossenheit war alles, was ich noch hatte. „Auf keinen Fall werde ich wieder weglaufen."

Hunter gab nicht nach. „Du kannst Daniels Plan nicht zustimmen. Du bist keine Justice."

„Woher willst du das so genau wissen?"

„Weil eine Justice ... nicht in der Lage sein sollte, Drachenrauch auszuatmen."

Er sagte es, als bedeuteten seine Worte mehr, als er zugeben wollte. Ausgehend von meinem Wissen über Drachen war das vielleicht auch der Fall. Ich blinzelte. „Sind wir dauerhaft gesiegelt?"

„Nein. Trotzdem ... dazu hättest du nicht fähig sein sollen." Er öffnete den Mund, hielt dann kurz inne, bevor er fortfuhr: „Wir haben keine Zeit, Sophie. Es tut mir leid, dass ich dich hierhergebracht habe. Du kannst Daniels Plan nicht durchziehen. Du würdest dein Leben völlig umsonst wegwerfen."

Langsam erkannte ich, um was es hier wirklich ging.

Er hatte Angst – um mich. „Tust du das nicht auch?", flüsterte ich.

Sein Körper war angespannt, am Rande einer Explosion. „Das ist etwas anderes. Ich wurde dafür trainiert."

Wahrscheinlich sein ganzes Leben lang. Was

hatte ich in der Zeit getan?

Ich war geflüchtet.

Und was hatte ich damit erreicht?

Ich dachte an die perfekt manikürten Fingernägel meiner Großmutter, mit Dreck bedeckt, als sie Jasmin-Stecklinge um die Blockhütte gepflanzt hatte.

Ich dachte an die vielen Momente, in denen sie meinen schluchzenden Körper in den Armen gehalten hatte, weil ich es nicht ertragen konnte, keine Magie aufzuweisen. Ich hatte mich so wertlos gefühlt.

Ich dachte an ihre Nachricht an mich: *Lauf, kleiner Fuchs.*

Ich hob das Schwert meines Vaters auf. „Bereits als Kind wusste ich, dass ich mich eines Tages diesem Monster stellen muss."

Hunter bedeckte meine Hand am Schwert mit seiner. Seine Stimme war tief, als er sagte: „Dann wirst du sterben, Sophie."

Seiner unsagbar mächtigen Drachenkraft so nah zu sein, fühlte sich an, als stünde man neben einem unberechenbaren Vulkan, angefüllt mit Magie.

„Ich werde kämpfen", sagte ich.

Leider hatten wir nicht den Luxus der Zeit oder den Luxus, Worte zu äußern, die mich umstimmen würden.

„Wie du auch." Ich hätte es nicht sagen sollen, denn meine Stimme brach und offenbarte damit meine Gefühle für ihn.

Er drückte meine Hand und ich beobachtete, wie er sie zu seinen Lippen hob. Er küsste meine Fingerknöchel, wie ein Ritter aus einem Märchen, der dem Untergang geweiht war.

Ohne ein Wort zu sagen, verließ er die Kabine.

Ich atmete tief aus. Die Hitze seines Mundes verweilte auf meiner Hand.

Fuck, das war alles so dämlich. Wir würden bald sterben; ich stand kurz davor, mich dem Monster aus meinen Albträumen zu stellen, und wir schafften es nicht mal, uns darüber zu unterhalten, was sich so offensichtlich zwischen uns entwickelte?

Ich lief ihm nach.

Daniel und Lucas starrten auf einen Bildschirm und befanden sich in einer hitzigen Diskussion, während Lana sich auf ihre eigene Arbeit konzentrierte. Alle drei hoben die Köpfe, als ich eintrat, und sahen mich an.

Ich hatte immer noch mein Schwert in der Hand.

Und es glühte.

„Wo ist Hun –?"

Mitten im Satz brach ich ab, als das Flugzeug ruckelte. Ich verlor mein Gleichgewicht und krachte mit der Schulter gegen die Wand. Ein Luftloch? Zumindest gab das Flugzeug ein lautes Rattern von sich, das auf nichts Gutes schließen ließ. Die Lichter flackerten und man vernahm ein Geräusch, als würde sich Metall verbiegen.

Eine unsichtbare Macht, genauso wenig greifbar wie Magie, legte sich auf meine Brust.

Die Lichter erloschen.

Lucas brüllte: „Ich habe Lana –" Die nächste Erschütterung brachte mich auf die Knie.

Stille.

Die Lichter gingen wieder an.

Der Devourer.

Das Flugzeug ruckelte noch immer, genau wie ich. Jeder Muskel in meinem Körper war angespannt. Ich war bereit, die Flucht anzutreten. Wo sollte ich aber in einem Flugzeug hinrennen?

Hunter hockte sich neben mich und half mir auf die Füße. Wo war er so schnell hergekommen? „Alles okay?"

Mein Puls war außer Kontrolle. Ich war einer Ohnmacht nahe. Wenn das Flugzeug abstürzte, konnten wir nichts tun. „Alles okay."

Daniel schob Hunter sein Tablet unter die Nase. „Hier. Geh ins Cockpit und fliege das Flugzeug. Ich gehe raus."

Was? „Hat Daniel gerade wirklich gesagt, dass er das Flugzeug verlassen will?"

Hunter packte meinen Arm und zog mich zur Vorderseite des Flugzeugs.

„Warte! Wo sind Lucas und Lana?"

„Den beiden geht es gut."

„Und Daniel will … Wie?"

Hunter sprang in den Sitz des Piloten und im gleichen Moment sah ich aus den Augenwinkeln Drachenflügel in der Dunkelheit. Feuer erhellte den Nachthimmel. Eine schwarze Wolke mit Stacheln und zu vielen Augen und Zähnen erschien.

Die aufkeimende Angst lähmte mich. Der Devourer war hier.

„Setz dich hin und halte dich fest, Sophie“, sagte Hunter in einem gelassenen Ton. Sah er das fliegende, unsterbliche Monster etwa nicht?

„Das ist nicht der Devourer“, sagte Hunter. „Nur mehr seiner Anhänger.“

Anhänger. Komischerweise setzte mich diese Erkenntnis in Bewegung. Schnell folgte ich seiner Anweisung und schnallte mich auf dem Platz des Co-Piloten an.

Lange, gelbe Zähne krachten neben mir gegen das Fenster. Ich schrie. Die Zähne kratzten an dem Glas. Mehr Zähne folgten, mehr Münder, mehr Augen. Hinter dem Ding wurde der Himmel von Drachenfeuer erfüllt.

Mein Herz rutschte mir in die Hose, als sich die Nase des Flugzeugs senkte.

Ein Knacken.

Risse im Fenster des Cockpits. Scheiße, scheiße, scheiße!

Ein Brüllen füllte meine Ohren und die Münder machten sich weiterhin am Fenster zu schaffen.

Wieder knackte es.

Ich konnte den Blick nicht von den Rissen nehmen, die sich unaufhörlich ausbreiteten.

So durfte es nicht enden. Ein Flugzeugabsturz mitten in der Nacht, ohne dass ich mich gewehrt hatte? Ohne den Hauch einer Chance?

Das nächste Knacken.

Hunter ließ vom Steuerhorn ab und löste seinen Gurt. Er drehte sich zu mir und sagte etwas. Ich konnte ihn nicht hören. Er streckte seine Hände nach mir aus und versuchte, auch meinen Gurt zu öffnen.

Er wollte mich retten.

Und ich war mir sicher, dass er bei dem Versuch sterben würde. Wie jede andere Person in meinem Leben, die mir wichtig war.

„Geh!", schrie ich. „Du musst verschwinden!"

Er streckte seinen Arm nach mir aus und ich schlug seine Hand weg. „Geh! Bring dich in Sicherheit!"

Er fauchte – ein Drachenlaut, der sich über den Geräuschen des Flugzeugs erhob. Animalisch. Instinktiv erstarrte ich. Er nutzte meine Reaktion, riss mich von meinem Sitz und zog mich an seine Brust.

„Nein –"

Seine Stimme klang schroff an meinem Ohr. „Schließe die Augen. Du musst mir vertrauen."

Ich hob den Blick zu seinen goldenen Tiefen.

„Bitte, Sophie, vertraue mir."

Das tat ich.

Das Fenster zerbarst. Der Wind schlug uns ins Gesicht und stahl mein Schreien.

Ein Universum aus Schmerz explodierte in kleine Einzelteile.

KAPITEL 11

MEIN MAGEN SCHOSS MEINE KEHLE HOCH UND sprang aus meinem Körper.

Jedenfalls fühlte es sich so an.

Alles, was ich jemals gegessen hatte, oder was ich essen wollte, schien sich in mir zu regen. Ich brach zusammen. Kühler Sand an meinen Handflächen. Ich hustete und würgte für eine halbe Ewigkeit. Mein Magen rebellierte so lange, dass ich befürchtete, dem Tod nahe zu sein. Dann, endlich, kam ich zur Ruhe. Graue Sandkörner schmerzten zwischen meinen Fingern.

Ich hob den Blick zum Himmel.

Der Mond schien und die Sterne funkelten.

Dann schlich sich die Erinnerung an das abstürzende Flugzeug zurück in meine Gedanken.

Ich sah mich um. Dunkle Palmenfächer

wehten in der Brise. Die Wellen des Meeres rauschten in meinen Ohren.

Was war passiert?

„Hunter?“

Keine Antwort.

Ich stolperte Richtung Meer und landete auf einem verlassenen, weißen Sandstrand – unheimlich schön im weißen Mondlicht. Den Anblick würde ein verliebtes Pärchen im Urlaub in vollen Zügen genießen. Ein Spaziergang im Mondschein, inklusive eines brennenden Flugzeugwracks wenige Meter weiter. *Wirklich romantisch.*

„Hunter?“, rief ich erneut. „Lucas? Daniel? Lana?“

Nur die Wellen antworteten.

Eine kalte Brise brachte mich in meinen nassen Klamotten zum Erschauern. Ich konnte das Gewitter riechen, das sich näherte.

Hunter … Ich hatte keine Chance gehabt, es ihm zu sagen …

Nein. Ich weigerte, mich zu glauben, dass ein einfacher Flugzeugabsturz einen Drachen umbringen konnte.

Ich schrie erneut Hunters Namen. Der Wind schickte meine Stimme auf eine Reise. Dann hörte ich es: ein gepresster Schrei. Grauen machte sich in mir breit. Diese fliegenden Zähne waren noch immer irgendwo dort draußen.

Ich stolperte an den Palmen vorbei und hoffte, dass mir die Blätter Schutz boten, während ich gleichzeitig nach einer Waffe suchte. Ich hatte keine Schuhe an den Füßen. Ich trat auf etwas Hartes und erkannte eine zerbrochene Bierflasche.

Ich hob sie auf und war froh, dass ich nicht auf das scharfe Ende getreten war. Kleine Freuden des Lebens, richtig?

Ich lief weiter und gab mein Bestes, mich nicht von meiner Angst lähmen zu lassen. Was wäre, wenn Hunter tot war? Was, wenn sein gesamtes Team tot war? Das war nicht fair. Wir hatten nicht mal die Chance gehabt, zu kämpfen.

Ich hätte es wissen müssen! Wenn das Leben fair wäre, dann hätte ich die Fähigkeiten, um zu tun, was getan werden musste.

Dann fiel mir etwas auf. Ich verengte die Augen und starrte auf die Wellen. Ich sah einen Baumstamm, der an den Strand geschwemmt wurde – einen menschlich geformten Baumstamm.

Ich rannte zum Wasser. Meine Füße platschten durch den feuchten Sand.

Hunter lag auf dem Rücken, seine Augen geschlossen.

Er war noch warm und er atmete. Freude gepaart mit Erleichterung schwappte durch mich hindurch.

„Hunter!" Ich schüttelte ihn.

„Hey, Sophie", erwiderte er. Seine Stimme klang schroff und kehlig. Dennoch kamen die

Worte sorglos über seine Lippen, als wäre ich ihm gerade im Park begegnet.

Ich warf die Arme um seinen Hals. Sofort sprühten die Funken an den Stellen, wo ich ihn berührte. Sein Körper zuckte und er sprang mit einer geschmeidigen Bewegung auf seine Füße.

„Wie hast du das gemacht?", fragte er.

„Wie habe ich was gemacht?"

„Du hast die … Flamme in mir entzündet." Er drehte sich zu mir, Feuer flackerte über seine Haut, Wasser zischte, als es mit seiner Haut in Berührung kam. Rauch stieg von seinen Füßen auf. Trotz seiner wüsten Erscheinung, den nassen Klamotten, die an seinem Körper klebten und dem Sand in seinen Haaren, sah er wie der wahrgewordene Traum einer jeden Meerjungfrau aus.

„Das solltest du nicht können", sagte er in einem besorgten Tonfall.

Ich sah auf meine Hände und fragte mich, was ich getan hatte. „Shen – wir sind unberechenbar", paraphrasierte ich seine eigenen Worte. „Was ist mit dir?" Ich ließ meinen Blick über ihn schweifen und gab mein Bestes, nicht in Tränen auszubrechen oder mich in seine Arme zu werfen. „Hast du mich aus dem Flugzeug teleportiert?"

„Drachen waren einmal in der Lage, Wurmlöcher durch Raum und Zeit zu erschaffen. Mittlerweile können wir das nicht mehr. Eine gelegentliche Teleportation bekomme ich aber noch hin. Es ist allerdings sehr anstrengend."

Das Flugzeug gab ein Geräusch von sich. Hunter zögerte keine Sekunde und zog mich an seinen Körper.

Wir drehten uns beide um und starrten auf das brennende Wrack.

Der Devourer hatte uns außer Gefecht gesetzt. Wir waren am Ende, bevor wir beginnen konnten.

„Was ist mit –"

„Lucas hat sich um Lana gekümmert. Und Daniel –"

Eine Feuersäule erschien im Himmel – viel zu hell, um natürlichen Ursprungs zu sein.

Hunters Ausdruck war grimmig. „Das Monster hat Daniel. Das ist sein Feuer."

Ich schluckte schwer. Bedeutete das, dass Daniel tot war?

Hunter trat einen Schritt vor. „Der Devourer mag Testobjekte. Er studiert magische Wesen, um zu verstehen, wie ihre spezifischen Kräfte funktionieren. Sobald er mehr über sie weiß, benutzt er das Wissen und macht es sich zu Eigen."

Ein Wesen, das nicht nur in der Lage war, Magie zu verspeisen, sondern sie auch in sein Arsenal aufzunehmen.

Ich erschauerte bei dem Gedanken. Ich bezweifelte, dass mir jemals so kalt gewesen war.

Das musste der Grund sein, warum Daniel der Meinung war, dass ich eine Chance gegen das Monster hatte. Weil ich etwas war, dass der

Devourer in seiner ganzen Existenz noch nie angetroffen hatte.

Ich betrachtete die qualmende Silhouette des Flugzeugs.

Überleben war nie ein Teil von Daniels Plan gewesen.

Hunter wandte sich vom Meer ab und sah sich in der Umgebung der Insel um. „Teleportation ist mit einer weiteren Person nicht gerade einfach."

„Dann verwandle dich in einen Drachen und flieg uns verdammt nochmal zum Unterschlupf des Devourers! Ich weiß, dass du zu ihm willst."

„Nein", sagte er.

„Hunter –"

„Nein."

„Du brauchst mich. Du brauchst meine Kräfte." Ich näherte mich ihm und stellte eine Vermutung an: „Du hast dich ausgepowert und brauchst Energie."

Ich berührte seine Finger. Dabei spannte sich sein ganzer Arm an, als gab er alles, um nicht dem Drang nachzukommen, meine Hand zu packen. „Nein."

Ich schluckte schwer, schloss die Augen und versuchte etwas, was mir meine Großmutter gelehrt hatte. Ich erinnerte mich an Lektionen, die Übungen und die Muster. Meine Großmutter war so überzeugt davon gewesen, dass meine Magie sich irgendwann manifestieren würde. Vor Jahren schon hatte ich jegliche Hoffnung aufgegeben und hatte mich stattdessen der Aufgabe zugewandt, ein außergewöhnlicher Mensch zu werden.

Jetzt wusste ich, dass das Siegel auf meiner Schulter mehr als nur Schutz repräsentiert hatte. Es war auch eine Art Schloss gewesen.

Jetzt war das Siegel verschwunden.

Stelle dir vor, dass in deinem Inneren ein Feuer brennt. Nimm das Feuer, sammle es und schieb es von dir weg.

Hunter stolperte rückwärts. „Sophie! Das kannst du doch nicht einfach tun!"

Das Glühen meiner Handflächen verebbte. Hunter hatte gemeint, dass Magie nicht geleert werden konnte; sie wurde geteilt.

Komischerweise fühlte sich das nicht danach an. Für einen kurzen Moment wurde es dunkel. Bei Hunters warmen Händen auf meinen Schultern öffnete ich die Augen.

„Wer hat dich das gelehrt?"

Ich blinzelte und versuchte, ihn wieder scharf zu stellen. „Meine Großmutter."

„Deine Groß –" Er lachte. „Sie wusste es, oder?"

„Wusste, was?"

„Ich werde zu dieser Insel fliegen, Sophie, und das Ding für alle Zeit vernichten. Die Chancen, dass ich zurückkomme … Du hast mir gesagt, dass du dein ganzes Leben um deine Freiheit gekämpft hast und dass du dir nichts sehnlicher wünschst, als dein eigenes Schicksal zu bestimmen. Und jetzt willst du plötzlich in den Tod rennen? Dich opfern?"

Ich ballte die Hände zu Fäusten, trat einen Schritt zurück und stolperte über etwas, das halb im Sand vergraben lag.

Ich drehte mich um und bemerkte einen vertrauten, geschmolzenen Griff.

Vielleicht war es doch noch ein magisches Schwert. Wie sollte ich das aber herausfinden? Zwar kannte sich Hunter mit Magie aus, aber Shen-Magie war ihm vollkommen fremd.

Ich zog das Schwert aus dem Sand. „Dieser Dämon hat sich meine Oma geschnappt. Er hat meine Familie gefressen und den Großteil meiner Leute ausgelöscht. Wenn ich dabei draufgehe, dieses Monster auszuschalten, hatte mein Leben wenigstens einen Sinn."

„Sophie –"

„Das darfst du mir nicht verweigern, Hunter. Es ist nicht deine Entscheidung."

Und da war das Funkeln in seinen Augen wieder.

Ich fuhr fort, denn nur wenn ich redete, konnte ich vermeiden, dass er sprach. „Denk doch mal nach: Wenn du stirbst, sind meine Überlebenschancen gleich null. Wenn du mich zurücklässt, werde ich die Verfolgung aufnehmen und ich werde geschnappt. Wäre es nicht besser, dass wir zusammen einen Plan aushecken, um so meine Überlebenschancen zu verbessern?"

Er zog mich in seine Arme, mein Kopf unter seinem Kinn. Mittlerweile kannte ich den

Rhythmus seines Herzschlages. „Ich hasse dich, Sophie", sagte er sanft.

Ich festigte meine Arme um seinen Körper und wünschte mir, dass ich ihn niemals wieder loslassen müsste. „Ich hasse dich auch, Hunter."

HUNTER und ich arbeiteten an einem Plan.

Mit Plänen war das so eine Sache. Oftmals war Improvisationstalent gefragt.

Ich hatte Hunter davon überzeugen können, dass wir getrennte Wege einschlagen müssten. Das wäre die perfekte Ablenkung. Es war ihm noch möglich, Waffen aus dem Flugzeugwrack zu bergen. Zudem fanden wir ein kleines Rettungsboot. Wir benutzten es, um unbemerkt zu der Insel fünfzehn Kilometer südlich zu gelangen, wo der Devourer seine Basis errichtet hatte.

Bevor wir uns trennten, umarmte er mich. „Das ist kein ‚Lebe wohl'", sagte er. Eine Lüge. „Wir werden den Devourer vernichten. Und wenn wir das geschafft haben –"

Ich legte meine Hand auf seine Wange und sah ihm tief in die Augen. „Verhandeln wir die Bedingungen unserer Verlobung neu."

Sein rechter Mundwinkel zuckte und ich versuchte, mir diesen Hunter ins Gedächtnis einzubrennen. „Hoffentlich ist deine Verhandlungsbasis beeindruckend."

Ich küsste ihn, dann gingen wir getrennte Wege.

Dummerweise war ich nicht so unauffällig und gewandt, wie gehofft.

Ich war mit Waffen ausgestattet und ich hatte das Schwert meines Vaters. Als ich von den in Anzügen gekleideten Anhängern des Devourers konfrontiert wurde, sah ich mich gewöhnlichen Menschen gegenüber, die nicht unter seinem Zauber standen.

Ich hatte Shen in der Familie, die ohne Gewissensbisse auch Menschen töten würden.

Ich war noch nie eine gute Shen gewesen. Ich zögerte – eine Schwäche, die ich mir nicht leisten konnte.

Sie fingen mich ein, legten mir Handschellen an und knebelten mich. Dann warfen sie mich auf die Ladefläche eines Pickups. Als das Auto über eine holprige Straße fuhr, ließ ich den Blick über den Himmel schweifen. Ich befürchtete und hoffte gleichermaßen, dass Hunter mir zur Hilfe eilen würde.

Doch er kam nicht.

Gut. Das bedeutete, dass meine Worte zu ihm durchgedrungen waren: Nicht vom Plan abweichen.

Schließlich beinhaltete der Plan, in das Anwesen auf dem Hügel einzudringen.

Nur nicht auf diese Weise wäre super gewesen.

Der Pickup hielt an und sie zogen mich vom Fahrzeug. Ich hatte Satellitenbilder von diesem

Ort gesehen. Natürlich konnte es mit der Wirklichkeit nicht mithalten. Das hinreißende, weiße Anwesen würde perfekt in eine Parfumwerbung passen.

Ein weiterer Mann in einem dunklen Anzug näherte sich. Er war kaum von den anderen zu unterscheiden – abgesehen von dem abartigen Grinsen, das Zähne offenbarte, die ein wenig zu lang für einen Menschen waren. Bei ihm musste es sich also um ein Simulacrum oder einen transformierten Menschen handeln. „Bring die Frau zu ihr. Sie wartet im Labor."

Zu ihr.

Panische Angst machte sich in mir breit, als sie mich durch elegante Räume ohne ein einziges Möbelstück führten. So wunderschön das Anwesen auch war, mit den Kristallkronleuchtern und den rosafarbenen Marmorböden, zeichnete sich der Ort durch eine trostlose Leere aus.

Das mit dem Geruch war ein anderes Thema – ein vertrauter Geruch, an den ich mich durch meinen Sommerjob als Teenager erinnerte, als ich in einem noblen Supermarkt gearbeitet hatte. Nicht der Geruch an sich versetzte mich in Entsetzen, sondern vielmehr die Tatsache, dass er mich nicht mehr anekelte.

Rohes, frisches Fleisch und Blut – das Eau de Toilette eines Schlachthauses.

KAPITEL 12

Sie brachten mich zu einer gewaltigen, schwarzen Doppeltür mit übertriebenen Schnitzereien und Kristalltürknäufen. Dann entfernten sie mir die Handschellen und gaben mir mein Schwert.

„Sie will es sehen“, sagte einer der Männer lachend, bevor er eine der Türen öffnete und mich in die Dunkelheit schubste.

Der Raum war so dunkel, dass ich eine Weile brauchte, bis sich meine Augen an die neuen Lichtverhältnisse anpassten. Trotzdem blieb meine Sicht eingeschränkt. Ich konnte die Leere des Raumes in mir spüren. Ich befand mich ganz unten, im tiefsten und dunkelsten Abgrund. Der Gestank umgab mich und vermischte sich jetzt mit etwas Beißendem und Chemischem.

Langsam passten sich meine Augen der Dunkelheit an und ich erkannte, dass über mir schwach leuchtende Leuchtstofflampen flimmerten. Wie passte dieser Ort überhaupt in das Anwesen, das ich von außen bewundert hatte?

Zu meiner Linken erleuchtete ein Funke und erlosch gleich wieder.

Ah, richtig. Magie.

Es gab keine Fenster, nur Schatten und Bildschirme, die Algorithmen in einer Sprache zeigten, die ich von der Erde nicht kannte.

„Trete näher“, sagte eine geschmeidige, weibliche Stimme. Der Ton erinnerte an eine Göttin der Gemütsruhe und nicht an ein Wesen mit dem Namen Devourer.

Jede Zelle in mir gab den Befehl, die Beine in die Hand zu nehmen und wegzurennen.

Kurzzeitig flackerte das Schwert auf.

Hatte sich mein Vater auch so gefühlt, als er sich in den letzten Kampf gegen den Devourer begeben hatte?

Ich hatte nur das Schwert. Na ja, und unklare Fähigkeiten, die ich vielleicht auch nicht hatte, von denen ich aber sowieso nicht wusste, wie sie zu nutzen waren.

Ich zwang mich dazu, einen Fuß vor den anderen zu stellen und lief über den schwarzen Marmorpfad. Am Ende wartete eine blonde Frau mit heller Haut. Sie stand auf einem Podium, umgeben von schwebenden Bildschirmen in der Dunkelheit. Sie hatte schneeweiße Haare, trug ein weißes Kleid und starrte in genügsamer und friedlicher Weise auf die Displays.

Merkwürdig war nur, dass sie glitzerte – ein leuchtender Schimmer auf ihrer Haut.

Ich näherte mich und versuchte, meine zitternden Hände unter Kontrolle zu bekommen. Das war der Devourer? Das Monster, das meine gesamte Familie inklusive meiner Großmutter auf dem Gewissen hatte?

„Danke, dass du mir das Schwert bringst", sagte sie.

Ich blinzelte. Eine Sekunde später hielt sie es in der Hand. Gleichzeitig glitten hautfarbene Tropfen über ihre Wangen.

„Es gibt wirklich kein besseres Schicksal für dich, als dich dem übergeordnetem Wohl zu opfern."

Ich hörte es tropfen, weshalb ich den Blick senkte und pfirsichfarbene Pfützen sah.

Und diese bewegten sich auf sie zu und glitten unter ihr Kleid.

Sie hob die Hand. Ihre Haut bewegte sich wie zähe Flüssigkeit. Sie wies mich an, näher zu kommen.

Alles in mir gab mir den unmissverständlichen Befehl, zu verschwinden und mich von diesem magiefressenden Monster zu entfernen. Die einzige Waffe im Raum war das Schwert meines Vaters. Das musste ein Zeichen sein.

Oder ein Lockmittel.

Ich wusste es besser. Trotz allem konzentrierte ich mich darauf, einen Fuß vor den anderen zu stellen.

„Übergeordnetes Wohl?"

Weitere Tropfen fielen von ihren Fingerspitzen auf den Boden.

Es handelte sich um Stücke ihres Fleisches – flüssiges Fleisch. „Wissen sammeln, natürlich. Geheimnisse mit anderen teilen, damit alle davon profitieren können.“ Sie hob den Blick von einem der Bildschirme. „Du bist eine Justice. Aber so ganz anders wie aus meiner Vergangenheit. Trotz allem bist du eine Justice.“ Sie tippte auf den Bildschirm. Ein ominöser, metallischer Laut deutete darauf hin, dass sich mir etwas näherte. „Du wirst dabei helfen, uns mit Wissen zu beliefern.“

Auf einem der Bildschirme war Bewegung zu erkennen. In der linken, unteren Ecke stand Experiment 9351-C. Zu meinem Entsetzen handelte es sich um Lucas in seiner menschlichen Form. Er war in ein Krankenhausleibchen gekleidet und versuchte, Lana zu töten, die eine merkwürdige, schwarze Rüstung trug.

Ich wagte einen Blick auf die anderen Bildschirme. Daniel konnte ich nicht sehen. Auch Hunter nicht.

War das gut oder schlecht?

Zu meiner Überraschung ließ sie das Schwert fallen und trat es zu mir rüber.

„Aufheben.“

Ich betrachtete es. Hatte sie es mit einem Zauber belegt, der mich in eine Schlange oder eine Marionette verwandeln würde, sobald ich es berührte?

„Ich habe es nicht verzaubert.“

„Warum sollte ich dir glauben?“

„Weil ich Antworten will. Und dieses Schwert ist mit deiner Blutlinie verbunden. Ich will sehen, was passiert, wenn du es in meiner Gegenwart benutzt. Wird es explodieren? Wirst du dein wahres Potential erreichen? Heb es auf und lass uns sehen, was passiert.“

Ich hatte keine andere Wahl, als ihrem Befehl nachzukommen. Indessen hoffte ich, dass ihre Prognose eintreffen würde, obwohl sie bereits Pläne für mich hatte. Wenigstens konnte ich auf diese Weise kämpfend aus dem Leben treten.

Wie Mama und Papa. Dann war ich ihnen zumindest in diesem Punkt ähnlich.

Der Griff war kalt – als hätte das Schwert in einer Tiefkühltruhe gelegen. Jedoch fühlte es sich an, wie es sich immer für mich angefühlt hatte – wie ein gewöhnliches Schwert.

Der Devourer lachte, als mein Herz brach und ich erkannte, dass nichts passieren würde.

Ich musste Zeit schinden, den Raum erkunden und herausfinden, was ich tun könnte. Ich lief vorwärts. Immer weiter, während die Geräusche der fallenden Tropfen lauter wurden. „Was bringt dir neues Wissen –“ Meine Stimme zitterte. Ich hielt kurz inne. Wenn sie flüssigen Zustandes war, konnte ich sie dann überhaupt mit dem Schwert durchschneiden? Ich riss mich zusammen und sprach weiter: „Was bringt dir neues Wissen, wenn du es auslöschst?“

Zum ersten Mal sah sie mich an. Ihre Augen waren wie ein Fenster zu einem schwarzen Loch, aus dem niemand entkommen konnte. Ich hatte mich nie als gewaltbereite Person gesehen, aber in diesem Moment überkam mich der starke Drang, mein Schwert zu schwingen und ihr den Kopf abzutrennen. Sie war einfach so … falsch. „Zerstörung und Zerteilung ist nötig, um Wissen zu sammeln. Erst dann kann man sich der Schöpfung zuwenden."

Ich spannte die Finger um das Schwert an. Ich musste sie töten. Ich musste sie vernichten. Jetzt. „Was versuchst du zu erschaffen?"

Sie lachte. Ein Lachen, gefüllt mit Verbitterung und Neid. „Ich wurde nicht mit Schöpfung beauftragt. Meine Mission beinhaltet die Analyse und das Sezieren von Elementen, um an die Basiskomponenten zu gelangen." Ihre Stimme klang bösartig. „Schöpfung? Diese Aufgabe kommt einem anderen zu. Das ist nicht mein Schicksal."

Ich setzte einen Fuß auf das flache Podium. Der zweite Fuß folgte, bis ich nur noch wenige Meter von ihr entfernt war. Die Laute der fallenden Tropfen hallten im Raum wider. „Hast du nicht die Macht über dein eigenes Schicksal?"

Als sie in diesem genügsamen und gelassenen Ton sprach, griff sie hinter sich: „Das gehört nicht zu meiner Programmierung. Ich bin seit dem ersten Moment der Selbstwahrnehmung eine Sklavin meiner Schöpfer."

Hinter ihr flackerte ein Licht.

„Auch wenn meine Schöpfer nicht länger existieren, bin ich trotzdem an ihre Befehle gebunden. Analyse, untersuchen, sezieren."

Dann sah ich es: Meine Großmutter. Sie lag auf einem Untersuchungstisch, riesige Nadeln hielten ihren Brustkorb offen, bereit für eine Sektion.

Ein Brüllen füllte meine Ohren und ich erkannte, dass ich der Verursacher war. Man hatte ihre Gliedmaßen von ihrem Rumpf abgetrennt, um Schläuche zu befestigen, die ihr das Blut absaugten.

Unser Blut ist Magie.

Die Finger meiner Großmutter zuckten.

Noch lebte sie.

Rasende Wut breitete sich in mir aus und ließ mich handeln. Ich attackierte die Frau mit meinem Schwert.

Es glühte, genährt von meinem Zorn.

Der Devourer sah mich aus diesen leeren Augen an. „Das Schwert", sagte sie.

Ich ließ mich von meinem Zorn antreiben und bewegte mich mit der Schnelligkeit einer Shen. Es fühlte sich an, als würde ich durch Bambus schneiden.

Ich schnitt sie in zwei Teile, längs durch die Mitte ihres Körpers.

„Jedes Mal, wenn ich es sehe, erstaunt es mich mehr", beendete sie ihren Gedanken.

Sie wandte sich mir zu und der Schnitt durch ihr Gesicht fügte sich wieder zusammen.

Wie zwei Wellen, die aufeinandertrafen. „Als ich das Schwert das erste Mal zu Gesicht bekam, hatte es die Energie eines Sterns – auf eine Weise an seinen Besitzer gebunden, wie ich es noch nie gesehen habe."

Verzweifelt starrte ich sie an. Mein Schwert, mein Zorn, meine Kräfte hatten keinerlei Wirkung auf sie.

Sie sah zu mir. „Und jetzt … Jetzt ist es nur noch ein gewöhnliches Schwert. Na ja, ein Bindeglied, nicht mehr. Sehr interessant. Wo ist die Energie geblieben?"

Es war hoffnungslos.

Ein knackendes Geräusch war zu hören. Ich wandte den Blick vom Devourer ab.

Großmutter stand neben mir. Sie drehte sich mir zu.

Sie hatte keine Stimme mehr, aber ich konnte ihre Lippen lesen.

Du brauchst nicht immer Magie.

Sie wusste, wofür ich hergekommen war. Sie kannte ihr Schicksal.

Also rammte ich die Klinge in das Herz der Frau, die mich aufgezogen hatte. Ich sollte etwas fühlen, doch alles, was in mir vorherrschte, war Leere. Ich fand den dunklen Blick des Devourers, die mich leidenschaftslos betrachtete. „Du kannst dich von deiner Herkunft nicht abkapseln. Deine Zukunft wird vor deiner Geburt definiert." Sie lächelte mich an – ein Lächeln, das ich nur von Bildern der Jungfrau Maria aus Kirchen kannte. „Ich habe deine Großmutter getötet. Ich habe deine Familie getötet. Sag mir, Justice, wie beeinflusst die Vergangenheit deine Zukunft?"

Ich bereitete mich auf die finale Attacke vor, und auf den Tod. Denn auch ich würde bei ihrer Vernichtung mein Leben lassen.

Glas explodierte, Scherben und Mörtel rieselten auf uns herunter und nahmen das Dach mit sich.

Ein gigantisches Inferno aus weißem Feuer schoss in den Abgrund und umkreiste uns. Es war so hell, dass es sich anfühlte, als würde ich in eine Miniversion der Sonne starren. Das Feuer fraß den Sauerstoff; ich bekam keine Luft. Keuchend fiel ich auf meine Knie.

Feuer landete zwischen mir und dem Devourer. Ich bedeckte meine Augen und schaffte es trotzdem nicht, die Leuchtkraft abzuschirmen.

Genauso plötzlich war es wieder dunkel.

Ich bekam wieder Luft.

Ich öffnete die Augen.

Hunter stand mit dem Rücken zu mir und stellte sich dem Devourer, vollkommen nackt in seiner menschlichen Form.

KAPITEL 13

Ich hasste es, wie sehr es mich erleichterte, dass Hunter bei mir war. Es war egoistisch, denn tief im Inneren war ich froh, dass ich nicht allein sterben musste.

Das hasste ich. Ich hasste, dass ich ihn nicht genug zu mögen schien, um mir zu wünschen, dass er überlebte.

Der Devourer stand in einer schimmernden Blase vor uns.

„Drachen. Ihr gehört wirklich zu den primitivsten Lebensformen im Universum. Es ist ein Wunder, dass ihr so lange überlebt habt. Denkst du wirklich, dass ich es noch nie mit Drachenfeuer zu tun hatte?"

Ein kleines Lächeln huschte über ihre Lippen, dann sagte sie etwas in einer flüssigklingenden Stimme, die von den Steinwänden abprallte.

Ohne dass Hunter sich zu mir umdrehte, sagte er: „Lauf, Sophie!“

Seine Vehemenz führte dazu, dass ich einen Schritt zurücktrat.

Sie hob die Arme.

Oh nein. Ich ging wieder zu ihm.

Seine Schulter spannte sich unter meiner Berührung an. Jedoch nahm er den Blick nicht vom Devourer, dessen Gesicht toste wie das Meer. Der Mund öffnete sich so erschreckend weit, wie es menschlich niemals möglich wäre. „Verschwinde! Sofort!“

Etwas Weißes flog auf uns zu.

Er wickelte den Arm um mich, drehte sich und schirmte mich von dem Angriff ab.

Ich wurde von Kälte umgeben – kalter, durchdringender Kälte. Noch nie hatte ich eine derartige Kälte erlebt. Es war so kalt, dass es sich warm anfühlte. Konnte es sich um Hitze handeln?

Sie fror uns ein.

Hunters Herz verlangsamte sich, genau wie meins. Ich musste etwas unternehmen; ich musste ihm helfen, und diese Temperatur … Augenblick, war es kalt oder heiß? Es musste sich um Hitze handeln, richtig?

Hunters Magie regte sich. Funken zeigten sich, dann stotterte seine Macht. Sein Feuer, seine innere Flamme, verlor an Kraft.

Nein, nein, nein. Das war nicht richtig. So sollte es nicht laufen. Alles lief falsch. Eine Drachenflamme sollte sich so nicht anfühlen –

wie eine flackernde Geburtstagskerze, die darum kämpfte, weiterzubrennen.

Das Feuer eines Drachen war echtes Feuer, die Energie der Schöpfung, des Lebens und des Lichts und der Macht, die für die Entstehung der Sterne verantwortlich war.

Das war falsch, falsch, falsch.

So durfte es nicht weitergehen.

NEIN!

Auf magische Art reichte ich in mich selbst. Ich tauchte tief, immer tiefer. Tiefer, als jemals zuvor. Hinter die Grenzen, vor denen mich meine Großmutter gewarnt hatte, von denen ich jetzt feststellte, dass sie von ihr errichtet worden waren. Ich gelangte so tief, dass ich jenseits meiner Selbst ankam.

Ich landete in Hunters Magie.

Ich öffnete die Augen und fand mich an einem anderen Ort wieder, in einer anderen Realität, bei der Zeit keine Rolle mehr spielte. Dort konnte ich es sehen: Die unendliche Möbiusschleife, die mich an Hunter siegelte. Ich stand an einem Ende und er am anderen.

Ich streckte meine Hand nach ihm aus, doch zwischen uns schwebte ein seltsamer, pulsierender Ball aus Magie – ein Teil von mir, der schon immer in mir geschlummert hatte.

Das war die Magie des Schwertes. Irgendwie war ich an diese Waffe gebunden und Großmutter hatte diese Verbindung vor mir versteckt gehalten.

Bis jetzt.

Ich griff danach und hielt es in der Hand.

Eine Empfindung überwältigender Liebe, eine Liebe, nach der ich mich mein ganzes Leben gesehnt hatte, durchströmte mich.

Mama? Papa?

Ich blinzelte und kehrte zu dem gleichen Moment zurück, in dem ich verschwunden war.

Ich benutzte die Magie und übergab sie Hunter.

Seine schwindende Flamme explodierte zu neuem Leben und wurde mit Energie und Hitze genährt.

Ich öffnete den Magieball und entließ all meinen Schmerz, meine Erinnerungen, meine Freude und mein Bedauern.

Hunter sah über seine Schulter und blickte mich irritiert an. Indessen umkreiste sein Feuer die auflösende Blase des Devourers.

Der Devourer lachte. Sie stapfte mit dem Fuß auf, was in der Kammer widerhallte. Sie tat es ein zweites und ein drittes Mal.

Der Boden brach auf.

Aus der Schlucht trat der Geruch von Blut und Fleisch, überdeckt von Rauch.

Und hinter dem Devourer erhob sich ein Klecks aus tropfendem, flüssigem, rosafarbenem Fleisch, gespickt mit Haaren, Augen, Gliedmaßen und Organen. Unter der Oberfläche der Pfütze zeigte sich ein Gehirn.

„Du bist keine Justice", sagte sie mit ihrem gelassenen Gesicht. „Was bist du?"

Ich ging einen Schritt auf die aufgetürmte

Fleischwand zu. „Ich bin ein Kind der Erde. Ich bin eine Shen. Das ist mein Zuhause, das Zuhause meiner Vorfahren. Und du bist hier nicht willkommen!“

Magie entsprang bei meinen Worten. Die Magie, die nur im Kern der Erde zu finden war. Sie reagierte auf mein Rufen, denn dieses Ding, dieser Unrat, dieser Dämon musste von der Erde entfernt werden.

„Du arbeitest in einem Museum, Sophie. Oh ja, ich weiß, wer du bist und wo du dich all die Jahre verkrochen hast. Du würdest es nicht wagen, die vielen Informationen, die ich im letzten Millennium zusammengetragen habe, zu zerstören. Informationen, die nirgendswo anders zu finden sind.“ Die Fleischwand ragte zwei Stockwerke über uns und verwandelte sich in einen riesigen Mund. Ein Fleischtentakel zog die Frau in den Klecks und die beiden Münder sprachen einheitlich: „Zerstöre uns und sorge dafür, dass deine Großmutter, deine Eltern und die Kulturen, die ich analysiert habe, umsonst leiden mussten. Das ganze Wissen von so vielen Opfern völlig vergebens, weil alles mit mir sterben wird.“

„Sie werden weiterleben. Wir werden uns daran erinnern, wie sie gelebt haben.“

Der hohe, bebende Fleischklecks schoss Speere und Kugeln auf uns, geformt aus dem magischen Fleisch eines Dämons.

Sie zischten und verwandelten sich beim Aufprall mit dem Feuerschild in Asche.

Hunter packte meine Hand. Das Feuer seiner Magie war heißer und intensiver als alles, was ich jemals gefühlt hatte.

Er küsste meine Hand. „Ich bin bereit, wenn du's bist, Sophie."

Ich wandte mich der Fleischwand zu – dem Devourer – und streckte meine Fühler nach Hunters Magie aus.

Hunters Magie verband sich mit meiner: Zusammen erschufen wir einen weißglühenden Zopf aus Shen-Drachen-Magie. Angetrieben durch seine Magie, loderte meine lichterloh und siedend heiß.

Ich verschmolz alles zu einem glühenden Stern aus Shen- und Drachenmagie und schickte es in die Richtung unseres gemeinsamen Feindes.

„Du. Bist. Hier. Nicht. Willkommen!", schrie ich.

Licht, Feuer und Hitze rauschten nach vorn. Die Fleischpfütze auf dem Boden entflammte, zischte und entließ einen entsetzlichen Gestank aus Dreck, Fett und Chlor, während es darum kämpfte, seine Form nicht zu verlieren.

Gegen uns hatte es keine Chance; es kämpfte nicht nur gegen mich, nicht nur gegen Hunter.

Das Ding hatte es mit uns als Einheit zu tun. Hunter und ich, zusammen, in Hitze, in Licht und Feuer.

Ich hatte keine Vorstellung davon, wie lange wir schon hier standen. Irgendwann stoppten wir und die ersten Sonnenstrahlen des Tages fielen durch den violett-pinken Himmel.

Haufen aus grauer Asche umgaben uns. Einen ganzen Acker voller Asche, und dahinter waren qualmende Bäume und eingestürzte Wände. Ich hatte Hunters Magie gefühlt und sie mit meiner verwoben. Er hatte dem Feuer seine Form verliehen, die Intensität verdoppelt, bis der Druck den Marmor unter unseren Füßen verbrannt hatte.

Ich war nackt und hielt immer noch an Hunters Hand fest. Meine Kleidung hatte gegen das magische Feuer keine Chance gehabt.

Mein Mund war so trocken, wie der Rest von mir gelähmt war. „Haben wir es wirklich geschafft? Haben wir das Monster besiegt?"

Hunter ließ meine Hand los und verließ unseren Kreis. Da wo er einen Schritt hinterlassen hatte, stieg Qualm auf.

Ich folgte ihm. Die Asche fühlte sich warm und weich unter meinen nackten Füßen an. Die Sonne erhob sich und trotz des Feuers, das den Marmor unter mir weggebrannt hatte, war die Insel nahezu unberührt von dem Kampf.

Ich folgte ihm zu der Klippe und sah schwebende Schiffwracks.

Auf dem Strand lagen zwei schwarze Drachen, beide so groß wie ein kleines Flugzeug. Einer lag auf der Seite. Er vermisste einen Flügel und sein Schwanz hatte Schaden genommen. Seine riesigen Krallen wurden immer wieder von Wellen erfasst, was bei jeder Berührung zu aufsteigendem Dampf führte.

Der andere Drachen, obwohl einer seiner Flügel wie ein Fächer geknickt war und er gebrochene Vorderarme aufwies, lag beschützend um Lana, die neben ihm saß, mit den Armen um die Knie, und vor- und zurückwankte.

Hunter schloss die Augen und atmete erleichtert aus. Ein wenig Rauch kam über seine Lippen. „Sie leben."

Ich wusste, dass ich etwas fühlen sollte. Schließlich hatten wir gerade den Devourer besiegt, das Monster in all meinen Albträumen. Stattdessen konnte ich nur an den Ausdruck meiner Großmutter denken, als ich ihr das Schwert ins Herz gejagt hatte.

Sie war tot.

Dafür waren die anderen am Leben.

Ich hasste mich für diesen Gedanken. Ich sollte froh sein, dass sie überlebt hatten. Gleichzeitig hasste ich sie auch dafür. Großmutter, meine liebevolle, wundervolle, manchmal nervtötende Großmutter, die alles gegeben hatte, um mich zu beschützen, war nicht mehr bei mir.

Ich fiel auf die Knie und schrie. Um mich herum erhoben sich Aschewolken. Sie wirbelten um meinen Körper, blendend und brennend. Eine Form bildete sich – ein Fuchs aus Asche.

„Oma?"

Ich werde immer bei dir sein.

Nach den gehauchten Worten löste sich der Fuchs auf.

Ich blinzelte Tränen aus meinen Augen. Alles war wieder normal.

Ich schloss die Augen und bedeckte mein Gesicht mit den Händen.

Hunter wickelte seine Arme um mich.

„Wir haben es geschafft", flüsterte er mir ins Ohr.

Ich schubste ihn so hart von mir weg, wie ich konnte. Als das nicht funktionierte, trommelte ich mit den Fäusten gegen seine Brust und schrie: „Was war es die ganze Sache wert, wenn der Devourer Kopien von sich selbst machen kann? Was war es die ganze Sache wert, wenn ich die letzte meiner Linie bin? Meine Großmutter ist tot und ich war diejenige, die sie umgebracht hat! Ich kam nicht mal dazu, ihr zu sagen, dass –"

Ich brach zusammen. Die Tränen waren nicht mehr aufzuhalten.

Er hielt mich. Er ließ mich weinen, bis die Zeichen meiner Trauer verebbten und ich ein erschöpftes Wimmern entließ.

„Du bist nicht allein. Du wirst niemals wieder allein sein. Denn du hast mich."

Ich wischte mir die Tränen aus den Augen, atmete tief ein und zittrig aus. Dann sprach ich mit einer Leichtigkeit in meiner Stimme, die ich nicht fühlte. „Versuchst du immer noch, dich mit mir zu siegeln?"

„Das Siegeln ist mir egal."

Er legte seinen Zeigefinger unter mein Kinn und zwang mich, ihm in seine goldenen Augen zu sehen. Sogar durch mein verschwommenes Sichtfeld war er in der Lage, mich mit seinem Blick in den Bann zu ziehen. „Siegeln oder nicht, Magie oder nicht, Shen oder nicht. Nichts davon spielt eine Rolle für mich. Ich will nur dich, Sophie."

Ich schniefte. „Das würde so viel überzeugender klingen, wenn wir nicht gerade zusammen unseren Feind vernichtet hätten."

Sein Mundwinkel zuckte. „Solltest du nicht bereits wissen, dass mein Timing unter aller Sau ist? Wie jetzt auch, denn ich werde dich nun fragen, ob du mich heiraten willst."

Mir kamen erneut die Tränen. Das musste die Asche sein, richtig? „Sind wir nicht schon verlobt?"

„Ich will, dass du es sagst." Er ließ sich auf ein Knie herunter und nahm meine Hand. „Sophie von den Shen, willst du mich heiraten?"

Plötzlich wärmte sich diese eisige Stelle in mir. „Dein Timing ist wirklich unter aller Sau."

Er drückte meine Hand. „Ich musste dich einfach jetzt fragen. Schließlich weiß man nie, was die Zukunft bringt. Ich weiß nicht, wie lange wir leben. Ich weiß nur, dass ich wissen muss, dass du mir gehörst und ich dir gehöre."

Bei seinen Worten fiel Gewicht von mir ab, von dem ich nicht gewusst hatte, dass ich es in mir trug.

Kleine Blumen in Pink und Weiß regneten auf uns nieder, die den Duft von Jasmin verbreiteten.

Hunter hielt die Handfläche hoch und fing eine Blume auf, ein begeistertes Lächeln auf seinen Lippen. „Ist das eine Shen-Sache? Fallen bei euch automatisch Blumen vom Himmel, wenn ihr einen Heiratsantrag akzeptiert?“

Ich schüttelte den Kopf. Friede legte sich über meinen Geist, als Großmutters unsichtbares Siegel auf meiner Schulter ein letztes Mal kribbelte.

„Nein“, sagte ich sanft. „Es bedeutet, dass sie uns ihren Segen gibt.“

EPILOG

Drei Monate später

„Was bin ich nun genau?“, fragte ich Lana, als sie die Knopfreihe am Rücken meines Kleides zumachte. Es schimmerte in Blau und Gold, die Farbe des südchinesischen Meers bei Morgengrauen, wo meine Mutter auf die Welt gekommen war. Für die Shen stand die Farbe Weiß für den Tod, weshalb sie als völlig ungeeignet für Neuanfänge eingestuft wurde.

Ich wagte einen Blick in den Spiegel und senkte schnell die Augen. Mich in diesem Kleid zu sehen, machte mir irgendwie Angst.

„Du bist, was du schon immer warst“, sagte Chloe aus der Ecke und machte ein Foto. Dann legte sie die Kamera weg und lief zu mir. Zwar fehlte es mir nicht länger an Magie, aber ich konnte sie nur mit Hunters Hilfe hervorrufen.

Entweder war es ein Zeichen dafür, wie weit sich die Shen voneinander entfernt hatten, oder sie gingen mir mit voller Absicht aus dem Weg. Aus diesem Grund hatte ich eine menschliche Zauberin fragen müssen, wie wir den Devourer hatten besiegen können. Doch auch sie stellte nur Theorien auf.

„Ehrlich gesagt, bin ich mir nicht sicher. Du bist eine Shen. Bei den Shen und ihren Kräften ist es immer dasselbe: Es entbehrt sich jeder Logik. Shen sind unberechenbar – die Form, der Geist und auch die Fähigkeiten. Deswegen vermuten Menschen auch nicht, dass Dämonen, Götter und die Wesen, die sie nicht verstehen, alle einer Spezies angehören."

Ich erinnerte mich an Großmutters Lektionen. „Wir sind die Ältesten, und wir sind Eins", murmelte ich zu mir selbst, während ich alles gab, um mich auf Chloes Worte zu konzentrieren. Das war besser, als an das Kommende zu denken. Warum hatte ich solche Angst? Ich wollte es doch, oder?

„Das Herstellen des Gleichgewichts ist ein Element bei deinen Kräften, das zu den Justices passt, die wir von den Drachen kennen. Nur darfst du nicht vergessen, dass du kein Drachen bist, so wie sie keine Shen sind."

Ich legte eine Hand auf meinen Bauch. Ich hatte schon immer eine leichte Wölbung und jetzt war die Rundung etwas größer.

„Ein Kind mit der DNA eines Drachen und

einer Shen wird die ultimative Abwehr gegen den Devourer sein."

Ich schloss die Augen und schluckte den Kloß in meinem Hals herunter. Der Gedanke, dass ein Bruchteil entkommen sein könnte, schien nicht möglich, hinterließ jedoch einen bitteren Geschmack in meinem Mund. Wochen waren vergangen, seit wir so hell gebrannt hatten, dass die Insel und weite Teile in der Gegend tagelang mit Ascheregen an unseren Erfolg erinnert worden waren. Ich hatte immer noch Albträume – die Art von Albträumen, von denen ich mich niemals befreien können würde.

Im Gegensatz zu dem, an was ich und andere Shen geglaubt hatten, war der Devourer immer und immer wieder besiegt wurden. Stets auf alternativen Wegen. Die Drachen waren nicht auf die Erde gekommen und hatten sich dann versteckt. Durch die Jahrhunderte hatten sie das Monster bekämpft.

Doch der Devourer war jedes Mal zurückgekehrt. Das lag in der Natur dieses Monsters, da es viele Kopien von sich anlegte. Ich sah aus dem Fenster. Sogar jetzt konnten wir nicht mit absoluter Sicherheit sagen, ob uns eine andere Version des Devourers heute noch angreifen würde.

Hör auf, Sophie, ermahnte ich mich. Ich durfte nicht zulassen, dass die Angst mein Leben kontrollierte.

Von meinem Bauch ging eine merkwürdige, jedoch nicht unangenehme Wärme aus. Wahrscheinlich eine Drachen-Sache. Im Geiste notierte ich mir die Beobachtung, um später jemanden zu fragen, sobald die Neuigkeit raus war.

Ein Klopfen an der Tür ertönte.

Hunter kam im Smoking herein, marschierte zu mir, hob mich in seine Arme und wirbelte mich herum. Auf der Stelle lösten sich meine Anspannungen und meine Ängste in Luft auf. Entzückt quietschte ich seinen Namen und ich grinste ihn wie einen Volltrottel an.

„Hey!", sagte Lana. „Es bringt Unglück, die Braut vor der Hochzeit zu sehen."

„Das ist eine Tradition der Menschen", tat Hunter kund.

Ich drückte seine Hand. „Es ist auch eine von den Shen", schritt ich ein. Ich war dennoch froh, dass er gekommen war. Seine Anwesenheit war genau, was ich gebraucht hatte.

Uns.

„Gut, dass ich keine Shen bin. Wir Drachen sind immun gegen Unglück. Wir sind wie Kobolde."

Ich schnaubte. „Wiederhole das lieber nicht vor Onkel Mike. Er wird versuchen, dir deinen Goldschatz abzunehmen."

Hunters Augen verengten sich. Er hatte meine Shen-Verwandten nicht einladen wollen, da sie mein magieloses Ich und meine Großmutter für so lange Zeit gemieden hatten. Jetzt, wo herausgekommen war, dass ich doch Magie in mir verborgen hatte, na ja, seither hatte sich einiges verändert. Viele Shen waren auf mich zugekommen und behandelten mich nicht länger wie eine Aussätzige. Keine Ahnung, was ich davon halten sollte. Und um der ganzen Sache die Krone aufzusetzen, gab es auch noch eine Shen-Drachen-Hochzeit. Das war eine Attraktion, die niemand verpassen wollte! Ich hatte meine entfernte Shen-Familie nicht eingeladen, weil ich sie bei der Hochzeit dabeihaben wollte; ich hatte sie eingeladen, weil Großmutter es so gewollt hätte.

In der Zukunft würden wir Verbündete brauchen.

„Meinen Schatz habe ich vor mir“, sagte er, wobei er mir tief in die Augen blickte.

Lächerliche Blasen der Freude blubberten in meinem Bauch.

Lana hievte ein riesiges Geschenk mit einer gepunkteten, rosafarbenen Schleife hoch und überreichte es ihm. „Hier. Mach dich nützlich.“

Hunter hielt es mit einer Hand und sah sie verwundert an. „Warum hast du es mir gegeben?“

„Weil du es zum Geschenketisch bringen musst. Und, was noch wichtiger ist: Ich will, dass du verschwindest, damit ich die letzten Knöpfe an Sophies Kleid schließen kann.“

Hunter seufzte dramatisch. „Wenn es sein muss.“

„Hätte ich geahnt, wie einfach ein Drache

von einer Küchenmaschine bezwungen werden kann, hätte ich schon vor Jahren einen Kochkurs belegt", sagte Chloe.

Hunter funkelte Chloe an. Bei jedem anderen würden diese Worte als Witz durchgehen, nicht jedoch bei Chloe und ihrer Vergangenheit mit Drachen, die nicht so einfach zu überwinden war.

Lucas blonder Schopf schob sich durch den Türspalt. Er hatte sich seine Löwenmähne abgeschnitten. Ich konnte es mir nicht erklären, aber er sah dadurch noch gefährlicher aus. „Dachte schon, dass ich dich hier finde", sagte er zu Hunter. Dann wandte er sich mir zu: „Die Prinzessin hat Fragen. In die Richtung von: Ob du wirklich von ihr erwartest, dass sie sich die Schuhe auszieht und sie die Zeremonie barfuß vollziehen soll." Sofort fiel mir auf, dass er darauf achtete, nur Chloes und meinen Blick zu finden, während er alles gab, Lanas Augen zu meiden.

Hunter blickte zu mir. Bei der Prinzessin handelte es sich um die Älteste bei den Drachen, die auf die Erde gelangt war. Obwohl ihr Königreich schon lange ausgelöscht war, wurde sie mit ihrem Titel angesprochen.

„Das ist Shen-Tradition. Und wir befinden uns auf dem Land meiner Großmutter", sagte ich.

Hunter küsste mich auf die Stirn. „Ich spreche mit ihr. Bis gleich." Dann küsste er mich nochmal.

Und nochmal.

Bis Lucas genug hatte und ihn lachend aus dem Zimmer zog.

Hinter den beiden machte Lana die Tür zu und stützte sich mit beiden Händen seufzend dagegen. Etwas war zwischen ihr und Lucas vorgefallen.

Sie wechselten keinen Ton mehr miteinander. Selbst Blickkontakt war ein No-Go. Von einer intelligenten Lebensform kontrolliert und gezwungen zu werden, sich gegeneinander zu töten, konnte die Dinge merkwürdig gestalten. Hunter war sich allerdings sicher, dass sie bald darüber hinwegkommen würden – schließlich waren sie schon seit ihrer Kindheit befreundet.

Chloe umarmte mich mit Tränen in den dunklen Augen. „Deine Großmutter wäre so stolz auf dich gewesen."

Chloe wirkte, als wäre sie in ihren späten Zwanzigern. Eine Täuschung, denn sie war eine der ältesten, menschlichen Magierinnen der Welt. Historisch gesehen, waren Shen- und Mensch-Magier wie Öl und Wasser, aber die Freundschaft zwischen Chloe und meiner Großmutter reichte viele Jahrhunderte zurück. Sie war wütend auf sich selbst, dass sie nicht in der Nähe gewesen war, als ich Probleme hatte. Andererseits war sie fast nie in der Nähe. Sie liebte es, sich auf magische Missionen zu begeben.

„Es ist mir egal, was die Drachen denken. Du bist meine älteste Freundin. Du hast meiner

Großmutter geholfen, die Verlobung auszuhandeln."

Sie presste die Lippen aufeinander, wie immer den Drachen skeptisch gegenüber. „Das habe ich, oder? Ich hätte es nicht gemacht, wäre mir bewusst gewesen, dass es zur Wirklichkeit wird. Wenn du dir aber sicher bist …"

Lana erhob das Wort: „Heute ist dein Tag. Du solltest bei der Zeremonie dabeihaben, wen du willst. Wenn es ihnen nicht gefällt, können sie sehen, wo sie bleiben."

Zu sagen, dass sich Lana nach ihrem Martyrium verändert hatte, wäre eine klare Untertreibung. Es gab keinen Beweis dafür, dass ihr die Magie des Devourers noch anhaftete. Allerdings hatte sie in den ersten paar Wochen nach der Vernichtung des Monsters, Stunden damit verbracht, auf fließendes Wasser zu starren. In der Zeit dazwischen hatte sie versucht, jeden Drachen umzubringen, dem sie begegnete.

Durch Chloes Hilfe ging es ihr mittlerweile besser. Ich war mir nur nicht sicher, ob meine Hochzeit, bei denen die Gästeliste aus Drachen und Shen bestand, der beste Ort war, um Lanas Selbstdisziplin auf die Probe zu stellen. Chloe hatte jedoch betont, dass es eine gute Idee war, den Test zu unternehmen, ob Lana noch immer dem Einfluss des Devourers unterstand.

„Sonst wachen wir womöglich eines Tages auf und müssen erkennen, dass sie eine unschuldige Menschengruppe umgebracht hat, weil sie etwas nicht-menschliches wahrgenommen hat. Wir müssen ihre Stromkreise und ihre Sensibilität überlasten, wenn du verstehst", hatte sie mir erklärt.

Das Probeessen vom gestrigen Abend hatte sie überstanden. Anscheinend reichte das Chloe aus. „Bist du dir sicher, dass du nach der Zeremonie nicht bleiben willst?"

Lana ballte die Hände zu Fäusten. „Es ist besser, wenn ich gehe." Sie umarmte mich. „Ich wünsche dir alles Gute. Und ich will, dass du mich besuchst. Aber ich bin noch auf der Suche nach … meinen Grenzen."

Sie wusste, wann sie sich zurückziehen sollte. Das respektierte ich.

Lana machte den letzten Knopf an meinem Kleid zu und drehte mich Richtung Spiegel. „Auch wenn du es bestreitest, du siehst aus wie eine Prinzessin – na ja, eine Prinzessin, die in New York City aufgewachsen ist."

Ich hatte mich gegen Kimonos, Ballkleider und Korsetts entschieden. Kein Interesse. Ich hatte etwas Modernes gewollt – neu und frei von dem Gewicht der Traditionen. Meine lockigen Haare waren zu Wellen gezähmt worden und Goldstreifen umspielten meine Schultern. Einer davon verlief diagonal zu meiner Hüfte, während darunter Schichten aus Silber verliefen, die sich bei jeder Bewegung wie Wolken bewegten – leicht und luftig. Der Rest des blauschimmernden Materials legte sich um meine Hüfte und verlieh mir eine Sanduhren-Figur, von der ich keine Ahnung hatte, sie zu besitzen.

Zum ersten Mal sah ich die Ähnlichkeit zu meiner verstorbenen Großmutter.

Ich verließ meinen Raum und ging in den Hauptraum der wiederaufgebauten Blockhütte.

Die Wände und Böden sahen wieder genauso aus – bis zu dem hässlichen Knoten im Holz. Nur die Möbel hatten sich verändert.

Dann sah ich etwas, das mir den Atem raubte.

Die Bildrolle mit dem Familienstammbaum, die neben der Tür gehangen hatte. Sie hing wieder an ihrem Platz, mit den Namen meiner Eltern am unteren Rand.

Auch der Name meiner Großmutter war jetzt darauf zu finden – na ja, meiner Ur-Ur-Ur-Urgroßmutter. Ihr Platz war ganz oben im Baumwipfel.

Meine Augen füllten sich mit Tränen.

„Hunter hat das für dich gemacht", sagte Chloe mit einem Lächeln.

„Aber wie –"

„Ich habe ihm geholfen", flüsterte sie. Sie blinzelte und wie von Zauberhand erschien ein Taschentuch. „Na aber, halte still und lass mich die Tränen wegwischen, bevor sie dein Make-up ruinieren."

Wenige Augenblicke später verließ ich die Hütte und trat auf die Wiese. Dieselbe Wiese, auf der Hunter und ich die Wolf-Haie bekämpft hatten. Ein Pfad aus Gänseblümchen war zwischen Sitzreihen gestreut worden. Die Stühle waren gefüllt mit Legenden – Shen auf der einen Seite, Drachen auf der anderen. Meine Großtante Titania schniefte und ein attraktiver Mann, mit Muskeln in der Größe von Bowlingbällen, reichte ihr ein winziges Spitzentaschentuch aus der pinken Valentino-Tasche auf seinem Schoß.

Der Himmel war mit grauen Regenwolken behangen, aber in der Blase, die das Anwesen meiner Großmutter umfasste, war es relativ warm. Der Duft von jungen Orangenbäumen und Jasminblüten füllte die Luft.

Ich sollte alles in mich aufnehmen, um mich später an mehr Details erinnern zu können. Das Problem: Meine gesamte Aufmerksamkeit lag auf Hunter, der mich ansah, als sähe er mich zum ersten Mal. Neben ihm stand Daniel. Er hob die Hand zu Hunters Kinnlade und schloss sie grinsend.

Auf der anderen Seite von Hunter stand eine zeitlos schöne Frau. Wenn ich schätzen müsste, würde ich sagen, dass sie in ihren späten Vierzigern oder frühen Fünfzigern war. Wobei sie wahrscheinlich älter war als die menschliche Rasse selbst. Eine dünne, weiße Narbe verlief über ihr Gesicht. Sie war der älteste Drache, der den Übergang in unsere Welt überlebt hatte.

Und sie stand barfuß im Gras.

Heilige … ich werde heiraten. Jetzt.

Der Gänseblümchenpfad fühlte sich unter meinen nackten Füßen kühl an.

Ah, deswegen hatten die Shen diese Tradition eingeführt – in der Natur, verbunden mit der Erde. Zudem war es auf diese Weise unwahrscheinlich, dass ich stolperte und mich zum Affen machte.

Ich schaffte es unter den Augen der Drachen und der Shen den Gang entlang.

Die Prinzessin hieß die Gäste willkommen, zuerst in Drakonisch, dann in Englisch. Wäre es traditionell abgelaufen, hätten wir die Shen-Sprache verwendet, doch dann hätte ich nicht viel verstanden. Worte der Liebe und Versöhnung wurden gesprochen. Mit seiner Hand, die meine fest umfasste, verging die Zeremonie wie im Flug.

Ich sah nur Hunter, den Drachen, den Mann, mein Feuer.

„Ich nehme dich, Sophie der Shen, zu meinem Partner, meiner Ehefrau, zu der Liebe an meiner Seite."

Ich verlor mich in seinen Augen, bis ich hörte, wie die Prinzessin sich räusperte. „Gehört ein Kuss nicht zu den Traditionen auf der Erde?"

„Dein Ehemann wird nicht bis in alle Ewigkeit warten!", rief Großtante Titania.

Gelächter brach aus, gefolgt von Anfeuerungsrufen und einem tosenden Applaus, als schimmernder Regen von einem plötzlichen blauen Himmel fiel.

Hunter hob den Blick zu der sanften Segnung und sagte: „Fuchs-Regen."

Ich trat einen Schritt näher und legte meine Arme um ihn. „Jetzt ist es zu spät, um es sich anders zu überlegen, Drache."

Er wickelte die Hände um meine Taille. „Ich werde dich niemals verlassen. Ich liebe dich, Sophie."

Meine Kehle schnürte sich zu. Ich musste nichts sagen; mein Lächeln sprach tausend Bände. Er küsste mich und der Rest der Welt rückte in den Hintergrund, bis ich ein lautes Flüstern vernahm: „Kann ich mir jetzt wieder meine Schuhe anziehen?" Hunter versuchte, keine Miene zu verziehen, aber er verlor den Kampf und lachte los.

Wir umarmten uns und küssten uns und winkten den Gästen aus Shen und Drachen zu. Und unter meinem Herzen strahlte unser Baby Liebe und Feuer aus.

***

Lieber Leser,

Vielen Dank, dass Du das erste Buch in meiner Dragon Lovers-Reihe gelesen hast!

Das nächste Buch *Rette mich nicht, Drache* wartet bereits auf Dich!

Mein Name ist Lana Rodriguez und ich

habe die Schnauze gestrichen voll von Drachen!

Wer mich besonders nervt? Mein Kumpel aus der Kindheit, Milliardär und zu allem Überfluss Drachen-Gestaltwandler Lucas Randall, der auf Teufel komm raus darauf besteht, dass ich seine Gefährtin bin.

Was er nicht versteht? Ich bin nicht länger die Tochter der Haushälterin. Kein Randall wird jemals wieder mein Leben bestimmen.

Ja, sicher, er ist einen Meter neunzig groß, über und über mit Muskeln bepackt und sieht mich mit diesem Ich-kenne-dich-Lana-Blick an.

Und ja, seine sinnlichen Berührungen lassen in mir den Wunsch nach einer Zukunft aufkommen, die ich nicht haben kann.

Es wäre auch möglich, dass mein Körper sich nichts sehnlicher wünscht, als sich ihm hinzugeben.

Doch alldem werde ich mich verweigern.

Obwohl sich jede Zelle in meinem verkorksten Körper nach ihm sehnt.

Ich habe Geheimnisse, von denen er niemals erfahren darf.

Wenn ich mich mit dem Drachen einlasse, dann verdamme ich ihn zum Tod.

Lucas weiß nicht, was ich bin … Lange werde ich es nicht vor ihm geheim halten können, wenn er weiterhin um mich herumschleicht.

Das darf ich nicht zulassen.

Denn auch ich bin jetzt ein Monster.

Auf der nächsten Seite findest Du eine Leseprobe von *Rette mich nicht, Drache (Dragon Lovers 2)!*

Oder klicke hier, um Rette mich nicht, Drache sofort auf Amazon herunterzuladen!

LESEPROBE: RETTE MICH NICHT, DRACHE (DRAGON LOVERS 2) KAPITEL 1

Ich drehte den billigen Silberring um meinen Finger. Den Ring, den mir Val vor so langer Zeit geschenkt hatte. Val war unauffindbar und es lag an mir, sie zu finden.

Meine Gegensprechanlage gab einen Ton von sich. Gleichzeitig erschien auf meinem verlinkten Handy ein Foto des Besuchers. Beim Anblick des Mannes, den ich um nichts in der Welt erwartet hatte, erwachten die Schmetterlinge in meinem Bauch zum Leben.

Er sah mich aus diesen blauen Augen an. Schon als Teenager, erinnerte ich mich, war ich diesem Blau vollkommen verfallen gewesen. Im Erwachsenenalter hatte ich alles unternommen, um sie aus meinem Gedächtnis zu bekommen, doch das gelang mir nicht. Noch immer suchten sie meine Träume heim. „Ich weiß, dass du zu Hause bist, Lana. Öffne die Tür."

Vor drei Monaten hatte ich versucht, den

Glanz in diesen blauen Augen mit einem magischen Dolch zum Erlöschen zu bringen. Um fair zu bleiben: Er wollte meinen Kopf abtrennen. Zu der Zeit hatten wir beide unter dem Einfluss eines Monsters gestanden. Das war zwar nicht der Grund, warum ich ihm jetzt aus dem Weg ging, aber im Moment akzeptierte ich jede Ausrede.

Ich klickte auf den grünen Knopf meines Handys und ließ ihn rein.

Mir blieb nicht viel Zeit, bis der Fahrstuhl mein Stockwerk erreichte. Ich trat meine High Heels unter die Couch, schnappte mir einen Bademantel und warf ihn über mein hautenges, goldfarbenes Kleid. Dann hastete ich ins Badezimmer, um mir den roten Lippenstift vom Mund zu wischen, während ich meine Frisur mit der anderen Hand zerstörte.

Ein Klopfen ertönte. Ich hastete zur Tür, atmete tief ein und riss sie auf.

Nachdem ich ihn schon als pummeligen Achtjährigen gekannt hatte, sollte man meinen, dass ich gegen seinen Charme immun war.

Vor mir stand jedoch der ausgewachsene, reiche Junge namens Lucas Randall. Eine wandhohe Fantasie, die mich in den Bann zog. Dabei drohten beeindruckende Muskeln, die kurzen Ärmel seines Einstein-T-Shirts zu zerfetzen.

Blaue Augen glühten auf mich herab. Zu spät bemerkte ich, dass ich noch Mascara und Lidschatten draufhatte.

Scheiße. Na gut, ich musste das Beste aus

der Sache machen und beten, dass es ihm nicht auffiel.

Er lehnte sich vor und füllte mit seiner Statur den gesamten Türrahmen aus. Im nächsten Moment hielt er mir sein Handy unter die Nase.

Er zeigte mir das Foto, dass ich auf SparkMe hochgeladen hatte – eine One-Night-Stand-App. Na ja, man konnte nur einen Teil von mir sehen: meinen Körper; mein Gesicht war abgeschnitten. Wahrscheinlich hatte er das Muttermal in der Form eines Sterns auf meiner Hüfte wiedererkannt.

Seine Nasenflügel bebten und seine Pupillen verdunkelten sich. „Bietest du dich für Sex mit Fremden an?"

Tausend mögliche Antworten kamen mir in den Sinn – inklusive einer Gegenfrage, warum er denn auf der App war und sich dort Bilder anschaute. Dann überlegte ich mir: Weder er noch ich hatten ein Recht darauf, überhaupt auf die Idee zu kommen, derartige Fragen zu stellen. Ich entschloss mich für Gleichgültigkeit und Verachtung in meinem Ton, und akzeptierte damit das nervöse Flattern meines Herzens. Ich verschränkte die Arme vor dem Bademantel. „Nach so vielen Monaten kommst du zu mir, um mir diese Frage an den Kopf zu werfen? Anscheinend muss ich dich daran erinnern, dass ich vor dir keine Rechenschaft ablegen muss."

Eine goldene Flamme flackerte in seinen

Augen auf. Würde ich seine wahre Natur nicht kennen, hätte ich das Gesehene als optische Täuschung abgewunken.

Aber ich kannte sein Geheimnis.

Jetzt musste ich nur dafür sorgen, dass er nicht hinter meins kam.

Er lehnte sich näher zu mir und mit meinen geschärften Sinnen konnte ich seinen Duft aus süßem Rauch und Moschus wahrnehmen. Seine Worte kamen kehlig über seine Lippen: „Du stinkst nach Parfum. Du bist geschminkt. Deine Nägel sind perfekt hergerichtet. Sag mir, dass du nicht vorhast, was ich denke."

Ich verspürte den Drang, einen Schritt zurückzugehen, aber ich hielt seiner einschüchternden Form stand. Wenn es nötig wäre, könnte ich ihn stoppen. Die Macht hatte ich jetzt.

Wüsste er, zu was ich fähig war, kämen Fragen auf, die ich nicht beantworten wollte. „Ist dir aufgefallen, dass ich dich nicht frage, was du auf SparkMe gesucht hast? Aus dem einfachen Grund, dass es mich nichts angeht. Und mein Leben geht dich genauso wenig an. Ich bin nicht deine Angestellte, Lucas."

Er näherte sich und versuchte, mich weiterhin mit seiner Größe einzuschüchtern.

Ich war verärgert, aber gleichzeitig füllte sich mein Herz mit Reue. Manche Dinge änderten sich eben nie. Meine Mutter war seine Nanny und die Haushälterin gewesen. Auf eine merkwürdige Weise sind wir zusammen aufgewachsen. Vor einiger Zeit dachte ich noch, wir wären Freunde. Wenn ich jetzt zurückblickte, mit etwas Abstand und dem Wissen, was das Erwachsenenalter mit sich brachte, musste ich feststellen, dass ich für ihn lediglich eine Bequemlichkeit dargestellt hatte.

Mein Blick fiel auf die dicke Vene an seinem Hals. Dann fand ich seinen Blick. Er sah mich aus glühenden Augen an, mit einer animalischen Intensität, die mir zeigte, dass er kurz davor stand, seine menschliche Gestalt abzulegen. „Das habe ich nie behauptet. Beantworte mir nur eine Frage: Warum?"

Es gab eine Millionen Gründe: Weil ich es wollte. Weil ich, nachdem ich meinen Job verloren hatte, nichts anderes hatte. Weil sich in mir etwas Merkwürdiges regte, das die Jagd liebte. Weil ich ein Versprechen abgelegt hatte.

Ich schuldete ihm jedoch keine Antwort.

Deshalb benutzte ich die wirksamste Waffe in meinem Besitz – Schuldgefühle.

Ich unternahm den Versuch, die Tür zu schließen. „Geh weg, Lucas. Das letzte Mal hast du mich beinahe umgebracht. Weil ich dir und deinen Freunden geholfen habe, bin ich jetzt arbeitslos. Drachen, Magie, Feenprinzessinnen und unsterbliche Monster – mit alle dem habe ich abgeschlossen. Lass mich einfach mein normales Menschenleben führen."

Meine Worte funktionierten besser, als gedacht. Sie wirkten wie Wasser auf seinem heißen Zorn. Ich konnte beobachten, wie der wütende Ausdruck auf seinem Gesicht zu einer ausdruckslosen Maske wurde. Zu meiner Überraschung ließ er mich die Tür schließen. Ich verriegelte sie und lehnte mich mit dem Rücken dagegen. Ich war mir bewusst, dass die dünne Barriere Lucas nicht aufhalten würde, wenn er wirklich zu mir gelangen wollte. Mit einem einfachen Niesen könnte er die Tür aus den Angeln heben.

Ich lauschte den Schritten, die sich von meiner Wohnung wegbewegten. Um sicher zu gehen, checkte ich die Sicherheits-App auf meinem Handy. Die Kamera offenbarte, dass er das Gebäude verlassen hatte.

Das war einfacher, als ich erwartet hatte. Hatte es mit meiner Rüstung zu tun?

Ich schob einen Ärmel des Kleides hoch und starrte auf meine braune Haut. Ich konzentrierte mich, bis meine Haut zu jucken anfing und die Schuppen erschienen.

Sie schimmerten in einem metallischen Schwarz.

Am Anfang hatten sie mich entsetzt.

Jetzt waren sie ein Teil von mir. Ich akzeptierte sie wie meine braune Haut, meine Locken und meinen Hintern, der viel runder war, als es mir lieb war.

Vor einigen Monaten hatte ich zugestimmt, meinen Freunden aus der Kindheit zu helfen. Wie Lucas, waren sie alle Drachen, Cousins. Eine Sache unterschied die anderen beiden von Lucas: Sie hatten immer den Versuch unternommen, mit mir in Kontakt zu bleiben. Wir hatten auf den sozialen Medien *Gefällt mirs* verteilt und auch hin und wieder unter Beiträgen kommentiert. Manchmal hatten wir sogar gechattet. Über frivole Dinge wie die Gewaltbereitschaft der schwächlichen Menschen, über lustige Katzenvideos und den besten biologischen Dünger für den Garten. Ich war noch immer davon überzeugt, dass Daniel bei seinen Kirschtomaten Magie einsetzte.

Zusammen hatten wir ein Alien-Monster gejagt. Dummerweise hatte uns dieses Alien eingefangen, einer Gehirnwäsche unterzogen und gezwungen, gegeneinander zu kämpfen.

Das Monster hatte mir zudem noch etwas anderes aufgezwungen – eine Waffe, die mir unmenschliche Kräfte verlieh.

Trotz allem hatte mir die Hexe Chloe versichert, dass ich nicht länger von der Magie des Devourers infiziert war.

Die Schuppen auf meinem Arm flackerten und reagierten auf meine Gedanken an das Monster mit purem Hass, der sich solider anfühlte, als der Boden unter meinen Füßen.

Dieser Hass war es, der mich gleichzeitig beruhigte und mir Mut zusprach, das Ding in mir leben zu lassen.

Von den Bildern, die es mir zeigte, wusste ich, dass es sich um eine symbiotische Lebensform handelte, die ein Verbündeter der Drachen war. Es erinnerte sich daran, damals, für den Kampf gegen den Devourer beauftragt worden zu sein, zu dem Zeitpunkt, als die Drachen zur Erde geflohen waren. Der letzte Träger der Rüstung war ein alter Krieger gewesen, dessen liebste Waffe eine tischgroße Axt war. Bei der Zerstörung der Drachenwelt verlor er sein Leben. Irgendwie hatte die Rüstung überlebt.

Mehr bekam ich nicht aus dem Ding heraus. Zumeist drückte es sich in Emotionen wie Zorn und Lust aus.

Blutlust, um genau zu sein, was mich leicht erschreckte.

Wahrscheinlich musste ich eines Tages jemandem erzählen, wie ich mich verändert hatte.

Noch nicht. Nicht, während Val in Gefahr war.

Ich ließ den Arm fallen. Mein Ärmel rutschte über meine entblößte Haut und bedeckte die Schuppen.

Ich war vielleicht verflucht, aber ich brauchte die Magie.

Schließlich war ich auf der Suche nach einem Serienmörder und musste eine Freundin retten.

~

Die Warteschlange vor dem Club zog sich um die nächste Hausecke. Als ich in meinen High Heels nähertrat, hörte ich den Rapper zwischen den Beats brüllen: *„Verdammt. Zeig uns, was du hast, Baby!“*

Das Problem war nicht, dass ich keine Erfahrung darin hatte, Verbrecher aufzuspüren. Im Gegenteil: Ich hatte fürs FBI gearbeitet. Nicht als Agentin, sondern hinter den Bildschirmen und verschlossenen Türen. Ich war eine von den vielen technischen Analysten, die Budgetkürzungen zum Opfer gefallen waren.

Eine unwillkommene Erinnerung stahl sich in meinen Verstand: Lucas, von Blut bedeckt, meinen Namen schreiend, als ich mit dem Schwert auf seinen Kopf gezielt hatte.

Ich schloss die Augen und schlug gegen meine Stirn, als wäre ich in der Lage, die Erinnerung mit Gewalt aus meinem Verstand zu vertreiben.

Die Schuppen unter meiner Haut juckten – wütend auf den Gegner, der den ehemaligen Träger auf dem Gewissen hatte. Ich holte tief Luft und stellte mich wieder der Realität, indem ich meine Augen öffnete.

Verdammt. Zeig uns, was du hast, Baby!

Ich stolzierte zu Jamal, dem Türsteher. Er war ein dunkelhäutiger, glatzköpfiger Berg von einem Mann, der seine Größe zu nutzen wusste. Mit verschränkten Armen stand er vor der Tür und sein Blick verriet auf Anhieb, dass mit ihm nicht zu spaßen war.

„Hey“, sagte ich mit einem Lächeln. „Hast du im Club Platz für mich?“

Jamal löste das Abtrennseil aus Samt. Vor

nicht allzu langer Zeit hatte ich seiner Freundin aus einer prekären Lage mit korrupten Bullen geholfen. „Für dich? Immer."

Ich ignorierte die Todesblicke der anderen Gäste in der Schlange und lief durch die Türen in eine wirbelnde Welt aus Neonlichtern. Der Beat brachte meine Knochen zum Beben.

Verdammt. Zeig uns, was du hast, Baby!

Ich war nicht gerade eine Clubgängerin. Der einzige Grund für meine Anwesenheit war Val. Ich musste herausfinden, ob sie jemand gesehen hatte. Wir hatten nach der Schule verschiedene Richtungen eingeschlagen. Als Kinder fühlten wir uns verbunden, weil wir die einzigen braunen Mädchen in der Schule gewesen waren. Im Kindergarten, ich erinnerte mich gut, hatte sie sich mit Tommy Warner geprügelt, dem Sohn des Bürgermeisters, nachdem er meine Brille mit Absicht kaputt gemacht und mir gesagt hatte, dass ich in mein eigenes Land zurückgehen sollte.

Ich wünschte, ich könnte sagen, dass wir seither unzertrennlich waren, ja, beste Freunde fürs Leben.

Leider war es anders gekommen.

Verdammt. Zeig uns, was du hast, Baby!

Ein Kerl mit einer umgedrehten Cappy auf dem Kopf kam auf mich zu, ein Bier in der Hand, das bei jedem seiner Schritte über den Glasrand schwappte. Er positionierte sich vor mir und brüllte: „Ist dein Name WLAN? Ich fühle eine Verbindung!"

Ich wandte mich von ihm ab und er wagte es, meine rechte Brust zu packen. Ich funkelte ihn wütend an.

Er zuckte mit den Schultern und grinste mich unverschämt an. „Du kannst nicht so ein Kleid tragen und erwarten, dass dich niemand angrapscht."

Ich warf einen Blick hinter ihn. Freie Bahn.

Ich lächelte ihn an, platzierte meine Hand auf seine Brust und schubste ihn.

In einem hohen Bogen flog er davon und landete auf den leeren Barhockern, während ich mein Ups-Gesicht auflegte und schnell mit der Menge verschmolz.

Verdammt, zu oft unterschätzte ich noch meine Kraft.

Ich passte mich der Menschenmenge um mich an und begann, zu tanzen. Ich ließ die Musik ihre Wirkung entfalten, bewegte mich zu dem Beat und hob die Arme über meinen Kopf.

Beute.

Gelegentlich kam es vor, dass die Rüstung mit mir sprach – eine Stimme in meinem Kopf, wenn sie hungrig war und sie Futter wahrnehmen konnte.

Mein Schädel kribbelte und wies mich an, in welche Richtung ich schauen sollte. Um den Mann war kurzzeitig ein grüner Schimmer zu sehen. Es handelte sich um einen unauffälligen Mann: durchschnittliche Größe, kurze, straßenköterblonde Haare, ein schwarzes Hemd. Sein Blick schweifte über die Menge, während er in der Hand wie jeder andere Beobachter im Club einen Drink hielt.

Ich fing seinen Blick ein. Mit verführerischen Bewegungen lächelte ich ihn an.

Etwas, das ich bei Clubs niemals verstehen werde: Die Leute, die einfach nur kamen, um andere beim Tanzen zu beobachten.

Beute.

Verdammt. Zeig uns, was du hast, Baby!

Tanzend bewegte ich mich auf ihn zu. Wieder suchte ich seinen Blick und lächelte. Dann wandte ich ihm meinen Rücken zu und ignorierte ihn gekonnt.

Blutlust entwickelte sich in mir. Ich fühlte mich leer, ausgetrocknet, und sehnte mich nach dem Geschmack von warmem Blut.

Gleichzeitig erhob sich Entsetzen in mir. Der menschliche Teil wusste, dass das nicht richtig und alles andere als normal war.

Plötzlich war das lähmende Bedürfnis nach Blut verschwunden.

Beute.

Als ich mein Opfer wieder ansah, wies er auf den leeren Hocker neben sich.

Ich drehte mich weg, tanzte weiter, wackelte mit dem Hintern und ließ die Neonlichter ihren Spaß mit meinem schimmernden, goldenen Kleid haben.

Ein paar Minuten später lief ich zur Bar und stellte mich beiläufig neben ihn. Ich bestellte einen teuren Drink.

„Ich bezahle für den Drink“, sagte er, ohne

die Augen von meinem tiefen Ausschnitt zu nehmen. Wäre mein Kleid noch freizügiger, hätte er Blickkontakt mit meinen Nippeln. „Deine Tanz-Moves waren beeindruckend."

Wenigstens kein anderer WLAN-Spruch, obwohl auch er keine Punkte für Originalität bekam. „Danke."

Er öffnete seine Jacke und reichte mir eine Visitenkarte. „Ich führe eine Art ... Agentur. Ich habe Kunden, die sehr an dir interessiert wären."

Er hielt mich für eine Prostituierte. Perfekt. „Ich stehe nicht zum Verkauf."

„Das wollte ich keineswegs andeuten." Unterhalb der kollidierenden Clubgerüche aus Rauch, Gras, Alkohol, Schweiß, Parfum und Eau de Cologne konnte ich Bleichmittel und Säure wahrnehmen.

Genau wie bei den Serienmördern der letzten Monate.

***

Oder klicke hier, um Rette mich nicht, Drache sofort auf Amazon herunterzuladen!

BÜCHER VON KARA LOCKHARTE

Dragon Lovers (Deutsch)

Heirate Mich Nicht, Drache

Rette Mich Nicht, Drache (July 13, 2020)

Liebe Mich Nicht, Drache (July 27, 2020)

ENGLISH BOOKS

The Space Shifter Chronicles

(Science Fiction Romances)

NOVELS

Wanted by the Werewolf Prince

Taken by the Tigerlord

Desired by the Dragon King (coming soon)

SHORT STORIES

The Boy Who Came Back a Wolf

The Lady and the Tigershifter

In Search of Skye (free to newsletter subscribers)

Prince of the Other Worlds (with Cassie Alexander)

(Paranormal Romances)

Dragon Called

Dragon Destined

Dragon Fated

Dragon Cursed

Dragon Hunted (forthcoming)

Dragon Mated (forthcoming)

ÜBER DIE AUTORIN

Kara Lockhartes Leidenschaft ist es, Liebesromane mit sexy Alpha-Alien-Gestaltwandlern und willensstarken Protagonistinnen zu schreiben. Glaubt mir ruhig, wenn ich Euch sage, dass sie genau wie Ihr, auf der Erde lebt.

www.karalockharte.com

Melde dich hier für Karas Newsletter.

Printed in Poland
by Amazon Fulfillment
Poland Sp. z o.o., Wrocław

60219614R00136